JN239913

青い世界の中で、きみが隣にいてくれた

Tomato Marui
丸井とまと

角川書店

装画　ピスタ
装丁　青柳奈美

私の顔は偽物だった。

左右異なる二重の幅を毎朝整えて、学校での高坂海実《こうさかうみ》を作る。

写真を撮るときには、加工が入っていないと不安になってしまう。

自分の外見も中身も嫌い。

コンプレックスを抱えていることを知られたくなくて、気持ちを飲み込んで、その場しのぎの愛想笑いでやり過ごしていた。

心の中に溜《た》め込んだ青くて痛い感情。

じくじくと膿《う》んだ感情は溢《あふ》れ出して、私は思春期の風邪にかかってしまった。

「飲み込んでいた言葉、もっと口に出してみたら」

だけど、久米《くめ》くんがくれる言葉は――

「そしたら今より、息がしやすくなるかもしれないだろ」

私の心を陽だまりみたいに優しく照らしてくれた。

目次

"In this blue world, you stayed by my side"

一章　偽物な私

「なあ」

顔を上げると、私の席の前には同じクラスの男子——久米水樹《みずき》が立っていた。

くっきりとした二重の丸目で、澄んだ黒い瞳《ひとみ》がじっと私を見つめてくる。一見黒に見える髪は、光が当たるとほんのりと青い。

「これいつ提出かわかる?」

久米くんが数学のプリントをひらひらとさせる。

あれ? と首を傾げた。今朝先生に提出したばかりのプリントだった。

「こないだ俺が風邪で休んでるときに配られてたっぽくて。机に入ってたのさっき気づいたんだけど」

「今日までだから、急いだほうがいいかも!」

「え、マジかよ! やべー」

開いた口の隙間から、右上の歯が欠けているのが見えた。不自然に斜めになっていて他の歯よりも小さい。

机の中に仕舞っていた数学の教科書を手に取り、ちらりと彼を見る。

余計なことを言わない方がいいかな。迷っていると、久米くんは教卓の前の席に戻っていった。

これからプリントの空欄を埋める気らしい。

私はプリントをもう提出しているから答案を見せることはできないけれど、せめて参考になるページだけでも伝えておいてもいいかもしれない。

数学の教科書を開いて、久米くんの下へと歩いていく。

「あのこれ！」

少し緊張しながら、数学の教科書を見せる。

「ここのページ、参考になると思う」

久米くんは驚いた様子で教科書と私の顔を交互に見る。

まずい。お節介だと思われたかもしれない。

「ごめん、頼まれてもないのにこんなこと。必要なかったら無視して！」

すると、久米くんはニッと歯を見せて笑った。

「助かる。ありがとな！」

彼の反応に目を見開く。こんなふうに笑う人だったんだ。思っていたよりも怖くなくて、無邪気だ。

参考になるページだけ伝えてから自分の席に戻ると、シャツの胸元を握りしめながら息を吐く。普段だったら当たり障りなく話すだけだけど、今日は慣れないことをしたから緊張した。

久米くんは派手な人たちとつるんでいて、生活態度もいい方ではないけれど、意外と提出物のことを気にする。だからどこか掴《つか》めない。

でも先輩たちと一緒に危ないバイトをしているとか、短気で中学の頃から暴力沙汰《ざた》を起こしていたという噂もあるので、下手なことを言って怒らせないように気をつけないといけない。

「海実！」

奈柚《なゆ》が勢いよく私の腕に飛びついてきた。ふわりと甘い香りが漂う。

鎖骨あたりまでの長さの奈柚の髪は、二学期からオレンジブラウンに染まった。見るたびに、いいなぁと憧《あこが》れる。

「久米係、大変だね」

周りに聞こえないように小声にしているものの、興味津々なのが伝わってくる。

──久米係。クラスの一部で、私はそう呼ばれていた。

以前久米くんが学校を休んでいたときに、先生にプリントを渡してくれと頼まれたのがきっかけだった。

それから先生が久米くんに用事があるときに、私は伝言係のようにされて、久米くんもなにかあると私に聞いてくるようになっていた。

「数学のプリントの話をしていただけだよ～！」

「気をつけなよ。関わるとヤバいって噂だし」

私は頷《うなず》いて曖昧《あいまい》に笑う。

「クラスであいつと仲いいのって高坂くらいじゃね？」

近くにいた男子二人組が、私たちの会話に入ってきた。

久米くんは案外気さくに話す人なので、周りから仲がいいと勘違いされているのだと思う。実際は連絡先だって知らないし、プライベートな内容も話したことがない。

「てか、高坂にしか話しかけないよな」

「まあでも、あからさまに怖がってる人もいるし、久米くんも話しかけにくいんじゃない？」

奈柚の言うとおり、久米くんを怖がって避けている人もいる。それが本人に伝わらないはずがない。

「それに海実は優しいし、頼りやすいのかも」

「何度か話したことがあるから、久米くんも声かけやすいんだと思うよ～」

笑いながら言うと、男子二人も頷いた。

「高坂って話しかけやすいオーラあるよな」

「わかる。俺、入学して最初に話した女子って高坂だし」

話しかけやすいという発言に妙に納得してしまう。

良くも悪くも昔から先生や友達から頼まれごとをされることが多い。それに歩いていると知らない人に道を聞かれることも今まで何度かあった。

自分ではよくわからないけれど、親しみやすい雰囲気なのだろうか。

頼まれごとをされやすいのは少し窮屈だと思うこともあるけれど、でもクラスメイトたちとも早めに打ち解けられるのはいいことなのかもしれない。

「海実、嫌なときは嫌って言うんだよ！　男子たちってすぐ調子乗るから！」

「でた、保護者！」

奈柚が男子たちを指差しながら言うと、彼らがツッコミをいれる。そんなやりとりに私は思わず笑ってしまう。

「てか、高坂が怒るのって想像できねぇよな」

「んー……あんまり怒ることってないかも？」

最後に怒ったのがいつだったか思い出せない。

そもそも他人に感情をぶつけるよりも先に、涙の方が出てきてしまって、自分の中で感情を消化することが多い。

「私、海実が騙《だま》されたり利用されないか不安……」

冗談混じりでいいながら、奈柚が私に軽く抱きついてくる。「大丈夫だって！」と笑って返すと、奈柚のスカートのポケットが振動した。

スマホを取り出した奈柚は、私にＳＮＳのアカウントを見せてくる。

「ね、見て。これかなり反応くるんだよね～」

そこには先週一緒に撮った動画が表示されていた。

顔に加工をかけてリズムに合わせながら撮るショート動画で、放課後の高いテンションで撮影したものだった。今思うと少し恥ずかしい。

「それ、俺も見たわ！」

男子たちも一緒になって画面を覗《のぞ》き込んで、動画を再生しはじめる。

画面に映る私は目がくりっとしていて大きい。顔の面積も狭くなっていて、全体的にパーツが近くなっているため小顔に見える。

……この顔だったらよかったのに。

奈柚も加工をしているけれど、元々顔立ちが整っているし面影がある。でも私の場合は別人のようだった。

「つーか、加工詐欺だろ！」

動画を見ながら、男子たちが声を上げて笑った。わかってはいるけれど、指摘されるとちくりと刺さるものがある。

「うるさいなぁ」

奈柚が顔を顰《しか》めると、ますます面白がっているようだった。なんとなく彼らは奈柚のことがお気に入りなのだろうと、最近の反応を見ていると感じる。

すると、ひとりの男子が目をわざとらしく見開き、私を指差した。

「目、変わりすぎだろ！　特に高坂とか整形レベルじゃね？」

どきりとして、顔が強張《こわば》る。彼の言う通りかもしれない。

動画で私を知った人は、本物と会ってもきっと気づかない。

私は無理に口角を上げて笑いかける。

「ふたりだって、加工したら絶対別人になるから〜！」

本当は笑いたくなんてない。嫌だなぁと思うこともあるけれど、これが彼らの通常通りのノリなのだ。悪気なく女子たちを揶揄《からか》って話のネタにする。だから本気で傷ついて気にするほうが損。

アプリを開いてスマホを向けると、男子たちはノリノリでポーズをとった。そうして撮った画像を見て、彼らも奈柚も声を上げて笑っていた。

「結構俺ってかわいくね？」

「いや、かわいくないから！」

「俺にも撮らせて！」

ひとりの男子が私のスマホを奪うと、勝手に私の写真を撮ってくる。

「やべーの撮れた！」

「高坂、半目じゃん！　顔やば！」

スマホ画面には半目でぶれている私の顔がうつっていた。

「うわ、最悪！　消しなよ」

奈柚は怒ってくれたけれど、男子たちはツボに入ったのか笑い続けていて、私は「酷すぎ！」と言いながら笑う。無理に口角を上げるたびに心が軋《きし》む。

けれど、笑顔の仮面を取ることはできない。いじられても笑って反応する。それが高校で作り上げた空気が読める高坂海実なのだから。

「水樹〜、帰り二年の教室寄れよ」

聞きなれない男子の声が、廊下側の席から聞こえてきた。自然と教室にいる生徒たちの視線が、そちらへ集まる。

「面倒いんで嫌っす」

「お前、かわいくね〜」

廊下側の後ろの席は、久米くんが座っている場所だ。そして彼を囲うように数名の男子の姿が見えた。着崩された制服に派手な髪色をしていて、明らかに一年生ではない。

「お前、勉強なんてしてんの？　ウケる」

「あーもー、先輩たち邪魔！」

気だるげに席から立ち上がった久米くんは、先輩たちを引っ張って廊下に引き摺《ず》り出した。先輩たちは怒る様子もなく笑っていて、かなり親しげに見える。

「やっぱ二年とつるんでるし、久米の噂マジなんじゃね」

先ほど加工写真で笑っていた男子のひとりが顔を強張らせた。

「喧嘩で歯が折れてるんだっけ？」

奈柚の発言に、男子が身を乗り出して食いつく。

「俺、それ見た！　上の歯折れてんの。ここらへん！」

男子は久米くんの様子を横目でうかがいながらも、嬉々《きき》として説明している。

「なんでお前、歯なんて見たんだよ」

「たまたまだって！　こないだぶつかったときに見えたんだよ」

「え、どんな感じだったの？」

久米くんのことで三人は盛り上がっているけれど、私だけはその話題に乗りきれずにいた。本人も近くにいるし、万が一聞こえてしまったらと考えると、できれば会話に入りたくない。

「高坂、なんで久米の歯が折れてるのか知らねぇの？」

ひとりの男子に話題を振られて、私は少し驚きながらも笑って返す。

「私が知ってるわけないじゃん！」

「だって、高坂は久米係だろ」

「そこまでの話したことないよ〜」

廊下側に視線を向けると、久米くんは自分の席に戻ってきていた。再び教科書を開きながら、問題を解いている。

プリント、間に合うだろうか。気になったけれど、あれ以上お節介なことをしたら今度こそ鬱陶《うっとう》しがられるかもしれない。

「五限目、体育だから飲み物買ってくるね」

奈柚に一言伝えてから、私はカバンから小銭を取り出して、廊下に出る。

余計なことはしない。何度も心の中で繰り返しながら、階段を下って二階に着いた。ただ自動販売機がこっちにあるだけ。

職員室の前まで行くと、私は入り口で足を止める。

……まだ採点終わってないかもしれないし、私が変に口を出さない方がいい。でももし、久米くんが未提出の欄にチェックされてしまったら……。

「高坂？」

顔を上げると、ちょうど職員室から数学の先生が出てきた。黒縁の眼鏡に厳しい印象を受ける切れ長な目とつりあがった眉《まゆ》。

私はこの先生のことが少しだけ苦手だった。

「あ……先生、あの」

必死に解いている久米くんの姿を思い出して、小銭を握りしめる。

「数学のプリント、採点って全て終わりましたか？」

「え？　まだだけど、なにかあった？」

「久米くんがプリント配られた日に風邪で休んでいて……」

クラスの人たちは誰も彼にプリントのことを伝えなかった。私もそのひとりだ。休んでいるってわかっていたのだから、翌日一言伝えればよかった。

「さっき期限が今日までだって知ったんです。それで……今日中に提出すると思うので、放課後まで待ってくれませんか？」

先生は目を丸くして、数回瞬きをしたあと目尻《めじり》に皺《しわ》を寄せて微笑んだ。

「わかった。今日中に提出してくれればいいよ」

「ありがとうございます！」

お辞儀をしてから私は職員室の前を通り過ぎて、自動販売機の方へと足早に歩いていく。

心臓がどくどくと大きな音を立てている。

もしかしたら先生は最初から放課後まで待っているつもりだった可能性もあるし、私がわざわざ伝えることじゃなかったかもしれない。だけど、久米くんが未提出になることはなさそうだとわかって、ほっとした。

その日の放課後。ホームルームが終わった直後に、久米くんがプリントを持って教室を出ていくのを見かけた。

どうやら間に合ったみたいだ。

「海実〜、帰ろ！」

「うん」

奈柚とふたりで教室を出て、昇降口まで向かう。靴を履き替えて外に出ると、夏の名残を感じる生暖かい風が吹いていた。

「海実って肌白くていいなぁ」

「え、そんなことないよ！　奈柚の肌の方が綺麗《きれい》だし白いよ」

「いやぁ、私はファンデで白くしてるだけだよー」

私の前髪が持ち上がると、振り向いた奈柚と目が合う。

じっと見つめられて、咄嗟《とっさ》に顔を背ける。目のことバレたかもしれない。

私は左右の二重幅が異なっていて、毎日奥二重の左目だけ二重の幅を広げるために、専用の糊《のり》をつけていた。けれど、汗で取れてしまうことも多い。

そっと左の瞼《まぶた》に触れてみる。取れている感じはしないので大丈夫そうだ。

「てか、海実って眉とか整えたら、印象変わりそうだよね！」

眉を隠すように手で前髪を押さえながら私は苦笑する。

「変になったらって思うと怖くってさ〜」

「え〜、そんな難しくないって！」

本当はそれだけが理由じゃない。眉をいじったら、お母さんに気づかれて叱られるかもしれない。けれど、そんな理由だと奈柚に知られたら、そんな理由で？　と呆《あき》れられるかも。

奈柚はこの半年のうちに印象がかなり変わった。

二重幅にはキラキラとしたブラウン系のアイシャドウをしていて、茶色のマスカラが塗られたまつ毛はくるんと綺麗に上を向いている。頬もほんのりと色づいていて、オレンジのリップを引かれた唇は艶《つや》っぽい。

「……奈柚は髪色を変えたり、メイクするのって緊張しなかった？」

「え？　なんで緊張？」

「周りにどう思われるかなとか。……たとえば、親とか」

私の言葉に奈柚が声を上げて笑う。

「そんなん言われたって、流せばいいじゃん。それに、ただちょっと言われるくらいで終わりだよ」

「そっか、そうだよね〜」

へらりと笑い返しながら、手を握りしめる。

私はそのちょっと言われるのが怖い。流すことができない。周りの目が、親の言葉が私は気になってしまう。

「あ、奈柚！」

隣のクラスの女の子が、後ろから奈柚に声をかけた。制服をほどよく着崩していて、お洒落《しゃれ》な雰囲気で、確か名前は翼《つばさ》ちゃんだ。

「こないだ言ってた新作、今日暇だったら飲みに行かない？」

「行く行く！」

ノリよく奈柚が返すと、翼ちゃんの視線が私に向けられる。

「高坂さんもどう？」

私の反応次第で場の空気が変わる。口角を上げて、なるべく軽い感じで返す。

「私もいいの？　行きたい～！」

すると、翼ちゃんも笑顔で「いいよ！　高坂さんとも話してみたかったんだ！」と言ってくれた。

よかった。回答を間違えなかったみたいだ。入学して半年、だんだんと学校には慣れてきたけれど、交友関係はそこまで広い方じゃない。だから違うクラスの子と話すのはちょっとだけ緊張してしまう。

私たちは駅ビルで雑貨を見て、九月に出たばかりの新作の焼き芋ラテを飲んで放課後を過ごした。

ふたりと別れて地元へ着くと、どっと疲れが体に押し寄せてきた。

ため息を吐き、薄暗くなった道を歩いていく。

学校の友達の前じゃなくなった瞬間から、私のスイッチはオフになった。

へらへらと笑って明るく振る舞う私から、ひとりが好きで口数が少ない私に切り替わる。

焼き芋ラテは美味《おい》しかったし、ふたりと喋《しゃべ》るのは楽しかった気がする。けれど、具体的になにが楽しかったのか、あまり覚えていない。それはたぶん、周りの言葉に対してどう反応をするのが正解なのかを考えていたからかもしれない。

電柱に風に飛ばされたペットボトルが転がってぶつかる。

『いいことは返ってくるものだからね』

小学生の頃のお母さんの言葉を思い出して、私はペットボトルを拾い上げる。中身は入っていなくて、ラベルは少し剝《は》がれて汚れていた。

自動販売機の横に灰色のゴミ箱を見つけて、ペットボトルを捨てる。

私って、空っぽだ。ふとそんなふうに思った。

自分の気持ちよりも、周りの意見に耳を傾けて気にしている。ペットボトルをゴミ箱に捨てたのだって、今隣にお母さんがいたら、こうするだろうと思ったから。

悪いことをしたわけじゃないのに、虚《むな》しく感じる。

小学校の前を通り過ぎると、屋根とベランダ部分は灰色で外壁は白色の似たような外見の一戸建てが見えてくる。お母さん曰《いわ》く、建売住宅というらしい。その中のひとつが私の家だ。

引っ越したばかりの中学生の頃は、見分けがつかなくて家に帰るたびに間違わないか不安だった。そんなことをお父さんに話したら『どうしてそんなに心配性なんだ?』と不思議がられた。楽天的なお父さんにとっては、私が些細《ささい》なことで悩んだり不安になることが理解できないらしい。

私だって、もう少し肩の力を抜いて生きたい。だけど、少しでも気を抜いてしまえば崩れ落ちてしまう気がした。

鍵《かぎ》を開ける直前、私は折っていたスカートの丈をひとつ下げて、ワイシャツの第二ボタンをしめる。

ここからは学校の私とは違って、いい子の私でいなければいけない。

玄関の扉を開けると、私は素早くローファーを脱いだ。そして、お母さんと顔を合わせる前に洗面所に入る。

手をよく洗った後に、左の瞼を濡《ぬ》らして糊を剥がす。

鏡を見ると左の瞼に薄らと跡が残っているものの、すぐに元通りの奥二重に戻った。人によってはあまりわからない変化かもしれないけれど、私には顔が変わったように感じる。それにお母さんに知られたら、間違いなく〝こんなのする必要がない〟と言われる。だからどうしても、左目の二重幅を変えていることは隠し通したかった。

手と濡れた顔をタオルで拭《ふ》いてから、リビングに顔を出す。

黄色のマーガレットが描かれているエプロンをつけたお母さんが、私を見ると微笑んだ。

「おかえり」

「ただいま！　美味しそうな匂いがするね。なに作ってるの？」

リビングには、醤油《しょうゆ》を焦がしたような香ばしい匂いが漂っている。

「スペアリブ。まだできるまで時間かかるよ」

「わー！　楽しみ！　私、着替えてくるね」

リビングを出ると、私は一気に肩の力が抜けた。

よかった。なにも指摘されなかった。

お母さんはスカートを短くしたり、ワイシャツの第二ボタンを開けていることをよく思わない。以前見られたときに、着崩してなんの意味があるのかと怒られたことがあった。喧嘩《けんか》になるのも嫌だし、家の中ではお母さんの望む姿でいることを心がけている。

階段を上がり一番奥の自分の部屋に入る。部屋の中はカラフルな色で溢れていた。

小さい頃にもらったぬいぐるみや、ピンク色に塗られた勉強机。ベッドカバーは黄色の小花柄で、床に敷かれたカーペットはクリーム色。カーテンは薄ピンクのチェック柄をしている。

これらは全てお母さんが〝私が好きだと思って〟揃えてくれたものだった。

中学の頃に一緒にペンケースを買いに行ったときに、私が青色を選ぼうとするとお母さんに『本当にいいの？』と聞かれたことがある。

『ピンクや黄色のもあるでしょ。それにしたら？』

私が小学生のときの好きだった色を、今も好きだと思っているらしい。それにお母さん自身も、私にはピンクや黄色を好きでいてほしいようだった。

本当は青が好きだからこれがいいと言えずに、あのときの私は本音をのみこんだ。だけど高校生になったので、部屋の内装を好きに変えたい。

そのためにはバイトをしようと思ったけれど、それも止められてしまった。

『バイトなんて大学に入ってからでいいじゃない。帰りだって遅くなったら危ないでしょう』

お父さんはバイトをしてもいいと最初は言っていたけれど、お母さんが反対したため『大学に入ってからにしなさい』と言うようになってしまった。

お母さんが心配してくれているのはわかっている。

だけど、その想いが時々窮屈だ。特にそう感じるようになったのは、中学生になって友達に指摘されてからだった。

『海実ちゃんちのお母さんって、厳しいよね』

言葉の意味が最初はよくわからなかった。そして、どう厳しいのかを詳しく説明されて、初めて自分の家は周りとは少し違うのだと知った。

かかとの高いサンダルやブーツは危ないから履いちゃダメ。スカートは膝《ひざ》より短いものはダメ。髪を染めたり、メイクをするのもダメ。

高校生になっても、まだこういったルールが私の家には存在している。これでも以前よりは緩くなった。

中学の頃は、友達と遊ぶのは週末だけにして、平日の放課後は勉強をしなさいと言われていたのだ。今は門限さえ守れば、放課後に遊んで帰っても怒られない。

部屋着に着替えて、姿見の前にしゃがみ込む。

指先で左の瞼に触れて二重の位置が元に戻っていることにため息を漏らす。

私も奈柚みたいに髪色を変えたり、メイクをしたい。だけど、今はまだそれが許されない。

スマホを開いて、奈柚がＳＮＳに載せた動画を見る。結構バズっているようで、コメントが百件くらいついていた。

加工姿の自分の顔になりたい。せめて目がもう少し大きかったらよかったのに。

コメント欄を見てみると、【かわいい】【この曲好き!】など好意的なものが多い。けれど、その中に棘《とげ》を含んだようなコメントもあった。

【まだこんな加工する人いるんだ】

【目が不自然にデカすぎて気持ち悪い。特に右、変じゃね?】

心無い言葉に息をのむ。右は私だ。

どちらも見覚えのないアイコンで、おそらくは見ず知らずの人がたまたま投稿を見つけてコメントを残したのだろう。

言葉の痛みに耐えるように下唇を噛《か》み締める。

……なんでこんなことを、見ず知らずの人に言われなくちゃいけないの。

それと同時に、私の顔って加工をしても変なのかなと不安になっていく。

現実の私の顔よりもずっといいはずなのに。

最近では肌を綺麗に見せたり、目に光を入れる程度の微加工のアプリが流行っていて、以前よりも目を大きくしたり小鼻にするなどの加工は減ってきている。

だけど、私にとっては素顔に近い微加工よりも、目を大きくしてくれる今までの加工の方が安心できた。

『目、変わりすぎだろ!　特に高坂とか整形レベルじゃね?』

クラスの男子の言葉が突き刺さったまま消えない。

誰かにとって大したことのない発言だとしても、私にとっては誰にも触れられたくないことだった。

姿見には、本当の自分の姿がうつっている。

左右の目の大きさが異なり、それぞれのパーツが加工の姿よりも離れていて、直視するのが辛《つら》くなる。

……どうして私は、こんな顔なの。

こんな顔でいたくないと思う自分と、この顔で生まれたのだから仕方ないと受け入れようとしている自分がいる。こんなこと、誰にも打ち明けられない。

「海実～！」

一階からお母さんの声がした。少しでも暗い表情をしていたら、お母さんに心配をかけてしまう。私は鏡の前でニッと笑顔を作る。

……大丈夫。いつもどおりでいればいい。

無理やり気持ちを整えてから部屋を出た。

その日の夜、ベッドに入ってもなかなか寝つけなかった。

真っ暗闇の中、ＳＮＳのコメントを思い出して、そこから悪い想像ばかりをしてしまう。

あのコメントは、クラスメイトの誰かかもしれないし、周りの人に見せて笑っているかも。そんな根拠のない被害妄想が浮かんで、ため息が漏れる。

早く眠りにつきたい。瞼は重たいのに、思考だけが活発に動いている。

癖がつくことを願いながら、左の瞼を爪先で何度も擦《こす》った。二重の幅をもっと広くしたい。他にも気になるパーツはあるけれど、せめて二重のラインだけでも変えられたら、私の心は軽くなるのに。


スマホのアラームの音で目覚めた瞬間から気分が優れなかった。

好きだったはずの曲は、今では毎朝強制的に起こされるため抵抗が生まれているし、カーテンの隙間から見える清々しいくらいの晴天も鬱陶しく感じる。

このまま二度寝してしまいたいけれど、早く起きないと準備が間に合わない。

重たい体を強引に起こして、階段を下っていく。

洗面所で顔を洗おうとすると、右頬の異物に気づいた。

ポツッと小さなニキビがある。昨日まではなかったはずだ。

ほんのりと赤くなっていて、これでは目立ってしまいそうだ。最近あまりできていなかったのに。ますます気分が下がっていく。

私は身支度を済ませたあと、自分の部屋のクローゼットを開ける。その中にある白い小さなポーチは、私にとって大切な秘密道具。

ポーチから二重用の糊と、ベージュ色の小さなパレットを取り出す。

左目に糊を塗って、少し乾かしてからプラスチックのVスティックで、理想の二重のラインにするための癖をつける。

数秒固定してから、瞬きをしてみて違和感がないかのチェック。そして次は、パレットを開く。三種類のベージュのコンシーラーパレットで、先月貯めたお小遣いで購入したものだ。肌の色に近そうな真ん中のベージュをチップにつける。

それをニキビの上に、とんとんとのせていく。ぷくっと盛り上がっているのは隠せないけれど、赤みは消すことができた。

二重のラインをいじっているのをお母さんに見られないうちに、準備を終えて玄関へ向かう。

「いってきます」

リビングからお母さんの「いってらっしゃい」という声が聞こえたのを確認してから、私は外に出た。

学校に着くと、一年生の教室がある階まで上っていく。昨夜なかなか寝つけなかったせいで、今日はすごく眠たい。

四階まで行くと、階段のすぐそばで女子三人組が談笑している。その中に翼ちゃんがいた。

「海実ちゃん、おはよ！」

「おはよ〜！」

気づけば下の名前で呼ばれるようになっていて、翼ちゃんに手招きされる。彼女の中で私は友達という立ち位置につけたみたいだった。

「また今度、海実ちゃんも一緒に遊ぼうよ」

「うん、遊ぼ〜」

他クラスの人たちとあんまり仲よくなる機会がなかったので、こうして交友関係が広がっていくことが嬉《うれ》しくて頰が緩む。

「てか、まだ奈柚きてないのかな」

「奈柚はいつもぎりぎりだよ〜」

「そんな感じするわ！　マイペースだもんね」

笑っていた彼女たちが目配せしていることに気づいて、身構えてしまう。気のせいかもしれない。だけど彼女たちが、私になにか言いたげなのは間違いなさそうだった。

「海実ちゃんのクラスって、英語の小テストやった？」

「うちは今日の一限目の予定だよ」

「え、まじか～！　うちらは四限目なんだよね」

今週中に一年生の全クラスで行うと先生が言っていたテストで、五十点以下だと放課後に再テストになるらしい。英語が苦手な奈柚が最悪だと嘆いていた。

「じゃあさ、あとでどこが出たか教えて？」

翼ちゃんが両手を合わせて懇願してくる。

こんなこと友達なら普通にすることなのかもしれない。だけど、悪いことのような気がして躊躇《ためら》ってしまう。

ここで断ったら、中学の頃のように真面目すぎると呆れられるだろうか。

中学のときは買い食いをしてはいけないと先生に言われていたため、周りの友達がコンビニでお菓子を買っていても、私だけ買わなかったことや、車通りが全くない道でも赤信号で立ち止まるところを真面目すぎると、よく言われていた。

ルールに縛られすぎて面倒だという自覚はある。だけど、その枠から出ることに抵抗があったのだ。

それでも、高校に入ってそんな自分を変えたいと思った。冗談の通じない退屈な私じゃなくて……もっと明るくてノリのいい私でいたい。

奈柚だったら、どんなふうに答えるか想像しながら必死に言葉を探して、微笑む。

「あとで教えるね～！」

私の返答に翼ちゃんたちの表情が明るくなる。

「海実ちゃん、ありがとー！」

「よかったー！　再テストになると来週居残りらしくってさ、予定あるしどうしようと思ってたんだよね」

これでいい。間違っていない。そのはずなのに気分が少し沈む。

「てか、奈柚と海実ちゃんが仲いいのって意外だよね。あ、でも海実ちゃんは聞き上手だから奈柚みたいな子と上手《うま》くやれるのか～」

最初はどういう意味かわからないけれど、翼ちゃんが「ちょっと」と笑いながら隣の子を小突いたのを見て、奈柚に対してなにか思うところがあるのだと察した。

それに触れてしまったら、奈柚の悪口が始まりそうで気づかないふりをする。

「奈柚って入学した頃、地味だったよね」

「え、ウケる。高校デビューじゃん。画像ないの？」

彼女たちの話題に顔を顰めそうになる。なんでそんなにおもしろいものでも見つけたように目を輝かせて話しているんだろう。

「髪も黒くて、前髪も重めだった気がする。今みたいにメイクもしてなかったし。とにかく地味って感じ」

「まあでも、わかる気もするわ～。無理してる感ってての？　そういうのない？」

「あー、それ思った。テンション上げようとしすぎて空回りしてることあるよね」

言葉の端々に棘のようなものが混ざっている気がして、胃の辺りがじくりと痛む。昨日遊んでいたときは奈柚のことが好きそうに見えたのに、今では見下して笑っている。

私は奈柚が空回りしていると思ったことはない。

明るくて、周りを見ていて、誰にでも分け隔てなく接している。それに高校から外見を変えることのなにが悪いんだろう。

でも友達のことを言われているのに、私はなにも言い返せない。そんな自分が情けない。平穏を守るためにこのままやり過ごしたいとも思ってしまう。

「けど、奈柚って顔がかわいいし、羨《うらや》ましいよね。二重のラインとか綺麗じゃん？」

「てか、海実ちゃん。奈柚といると嫌にならない？」

心臓が嫌な音を立てる。翼ちゃんが言いたい意味を、すぐに理解した。

心の中に押し込んでいた感情の蓋《ふた》を、強引に抉《こ》じ開けられる。

奈柚が羨ましい。奈柚みたいになりたい。だけど、私はなにもかもが奈柚と違っている。

二重の線を変えているものの目は奈柚のように大きくはない。輪郭だって奈柚のように綺麗なラインじゃない。性格だってさっぱりしていて明るいし、人懐っこい。

大好きなはずなのに、羨ましくて心が焦げつきそうなときがある。

それに周りから見ても、私は劣っているのだと改めて突きつけられた。

なにか答えないといけないと思うのに、喉《のど》が圧迫されたように苦しくて、声が出てこない。

「高坂」

振り向くと、青みがかった黒髪の男子が廊下に立っていた。

「ちょっといい?」

私だけじゃなくて翼ちゃんたちも驚いているようで、「え、海実ちゃん久米と仲いいの?」と小声で話しているのが聞こえてくる。

「先生が提出物の件で呼んでる」

ついてこいと言うように、久米くんが階段を下っていく。私は彼女たちに「またあとで」と一言告げてから、彼の背中を追った。

出し忘れたものなんてあったかな。それとも以前提出したもので、なにか問題があった?

不安に思いながらも二階まで下りると、廊下の端の方まで久米くんが歩いていく。そしてプレートになにも書かれていない部屋のドアを開けた。

室内に充満している埃《ほこり》の匂い。窓から差し込んだ陽の光に、細かい粒のようなものがひらひらと舞って見える。

この中に先生がいるのだろうかと、辺りを見回す。けれど、部屋の中にはノートがたくさん積まれた棚や、布が押し込まれている木の箱、イベントで使ったような小道具などが散乱していた。

「……先生は？」

どう見てもこの部屋に先生はいないし、ここに先生がくるようにも思えない。

「嘘」

振り返った久米くんが、いたずらが成功した子どもみたいに口角を上げて微笑む。

「ここ、元演劇部の部室らしいから誰もこない」

「……そうなんだ」

小道具のようなものがたくさんあるけれど、埃を被《かぶ》っている。たしか演劇部は数年前に廃部になったらしい。

「じゃ、俺行くわ！」

「え⁉」

結局用件がなんなのかわからないまま、久米くんは部屋から出て行ってしまった。

取り残された私は、呆然《ぼうぜん》と立ち尽くす。

久米くんが嘘をついてまで私をここに連れてきた理由はなんだろう。いくら考えても思いつかない。

戻ろうか迷ったけれど、あと少しだけこの空間にいたい。

教室にも廊下にも、いつも誰かしらいて、唯一ひとりになれるのはトイレくらい。だからこの場所は、私にとって新鮮だった。

壁際にある朱色の布に覆われているものが気になり、そっと布に手をかける。少しだけ埃が積もっていた。

自分の姿がうつし出されて、びくりと体が震える。

布に隠されていたのは姿見だった。

顔色が悪くて表情も暗い。それぞれのパーツのバランスが悪くて、頬の辺りが間延びしている。これが私の姿。

以前なら写真で見る自分の顔は嫌いだったけれど、鏡越しの自分はまだマシに見えていた。だけど、今は鏡にうつる自分すら醜く感じる。

『奈柚って顔がかわいいし、羨ましいよね』

『奈柚といると嫌にならない？』

……わかってる。

こんな姿の私は奈柚とは釣り合わない。奈柚みたいにはなれない。

じわりと涙が滲《にじ》んで、鏡にうつる自分が歪《ゆが》む。他人に指摘されると、自分で気づくよりも惨めだ。

もしも私がもっとかわいかったら、性格や周りの反応、目に見える世界が違っていたんだろうか。

涙が目頭から零《こぼ》れ落ちそうになって、コンシーラーが落ちてしまわないように慌てて指先で拭《ぬぐ》う。

だけど、自分に嫌気が差しても日常はなにも変わらない。この姿の私のまま、生きていくしかない。

ため息を飲み込んで、鏡に布を被せた。


昼休みになると、いつも私は奈柚の席の方へ行ってご飯を食べていた。

今日もお弁当を持って奈柚の席まで向かう。座ってスマホをいじっている奈柚に「食べよ」と声をかけると、不満げに私を見上げた。

「海実、翼たちに英語の小テストどこが出たか教えたの?」

「あ、うん。補習になったら困るって言ってたから、教えたよ～」

小テストだし少しくらい大丈夫かなと思ったけれど、奈柚にとってはそれをあまりよく思わなかったみたいだ。

空いていた近くの椅子を借りて座ると、奈柚は口を曲げて、じっと私を見つめてきた。

「海実らしくないよ」

その言葉に、お弁当箱を開けようとした手を止める。

「そういうことしないと思ってた」

「けどさ、断ったら気分悪くなっちゃうかもしれないな〜って」

へらりと笑っても、奈柚は顔を顰めていた。

グレーなことをしている自覚はある。けれど、あの場で嫌だと言ったら、あとでノリが悪いと言われていたはずだ。

「そうかもしれないけどさ、海実のことを利用してる感じがするし。今後はやめた方がいいんじゃないかなって」

「……奈柚だったら、どうしてた？」

「え？」

「奈柚なら、教えるかなって思って」

責めたいわけじゃないのに、言葉に棘を含んでしまった。もっと上手な聞き方があったはずなのに。

「ごめん、そうだね。私も同じこと聞かれたらどうしていたかわからない。教えていたかもしれないし……ただ、私には海実が流されているように感じて」

本当は、奈柚の言いたいことはわかっている。

翼ちゃんたちにとって、私は友達というよりも都合よく使えそうな存在でしかない。だから、利用されないようにと心配してくれているんだ。

「ううん、ありがとね。でも大丈夫だよ！」

これ以上、この話をしていたら奈柚と気まずくなってしまいそうで笑顔を作る。気にしない。考えちゃだめだ。……大丈夫。私は大丈夫だから。

「そういえば、奈柚が好きなグループの新曲出たんだね」

「そうそう！　ＭＶめちゃくちゃよくて〜！」

奈柚とは一瞬気まずくなってしまったけれど、お昼ご飯を食べながらお互いの好きなものの話をしているうちに、いつもどおりの空気に戻ることができた。

「てか、やっぱ久米と似てるんだよねぇ。ほら見て、今回のスタイリングが特に似ててさー」

奈柚がＭＶのワンシーンを停止して、私に見せてくる。黒髪の男の子は、確かに目元が久米くんに似ていた。

「本当だ！　そういえば、入学した頃ちょっと騒がれてたよね」

「そうそう。けど、久米が怖くて、みんな話題にするのやめたっぽいけど」

人気のアイドルグループの、センターの男の子と久米くんが似ていると入学当初一部で話題になっていた。けれど、久米くんの噂のこともあって、声をかける子はいなかったものの、密《ひそ》かに久米くんのファンがいて盗撮をする人がちらほらいたのだ。

それに気づいた久米くんが、あるとき盗撮をしていたひとりの女子を呼び出した。

周りには先輩たちもいて、集団でその子を脅して、お金を要求していたと騒ぎになったらしい。

それが五月の半ばの話だ。

それ以来、さらに久米くんを怖がる生徒たちが増えてしまったみたいだ。

「あ、店長だ。ちょっと廊下で話してくるね」

奈柚はバイト先の店長から電話がきたようで、スマホを持って慌てて廊下へ出ていく。

そういえば奈柚が働いているドラッグストアのバイトの人が一気に辞めちゃったから、人手不足でシフトを組むのが大変だと言っていた。それで急遽《きゅうきょ》シフトに入ってほしいと連絡がくることがあるそうだ。

大変そうだけれど、羨ましいなと感じる。私もバイトができたら……と考えて、強引に思考を停止した。

空になったお弁当箱を巾着袋に仕舞って、自分の席に置く。賑《にぎ》やかな教室にひとりぼっちでいたくなくて、私はトイレに行った。

個室で時間を潰《つぶ》してから、予鈴が鳴る五分前に出る。冷たい水で手を洗い、鏡に視線を向けた。

あれ……朝よりも大きくなってる？

コンシーラーで隠しているので、色は肌色のままだけれど、ニキビが朝よりもほんの少し大きくなっているように感じた。

家に帰ったらコンシーラーを落として清潔にしなくちゃ。

それに目の二重糊も取れかけてきている。朝、泣いたせいかもしれない。全体的にコンディションが悪すぎて、ますます憂鬱になっていった。


昨夜あまり眠れなかったため、午後の授業は睡魔との戦いだった。黒板が消される前に必死にノートに書き写していく。これで成績を落としたら、お母さんになにかあったのかと言われてしまう。

長く感じた午後の授業と帰りのホームルームが終わって、ようやく帰れると思ったときだった。隣の席の男子が私の顔を見て、首を傾げた。

「今日の高坂、目が変」

「え……」

微《かす》かに震える手を握りしめて、背中に隠す。

きっと二重糊が取れかけているせいだ。彼に悪気がないのはわかっているけれど、指摘されると言葉に詰まってしまう。

戸惑っていると、会話を聞いていた他の男子が声を上げて笑う。

「お前、目が変とか言い方酷《ひど》すぎだろ！」

「……だよね〜！　本当酷いなぁ」

笑いたくない。……笑いたくないよ。

だけど、無理にでも笑わなくちゃ。本気で傷ついた顔をしたら空気が悪くなってしまう。

「いや、今日はって話だろ！　いつもそうって言いたいんじゃないって」

「けど、左目いつもと違うのはわかる」

中学の頃、友達に左右の二重幅が違っていることを指摘されたことがあった。

そのとき私は本気で気にしてしまって、黙り込んでしまったのだ。あのときのような気まずい空気になりたくなくて、私は強引に口角を上げた。

「もー、今日コンディション悪いんだってばー！」

不遠慮に顔をじっくり観察される。やめてよ。見ないで。吐き出してしまいたい言葉を飲み込むと、喉に小石が詰まったような苦しさを感じる。

「右は普通だけど、左が変だよな」

「ものもらいじゃね」

「それ、痒《かゆ》くなるやつだっけ？」

不協和音のように彼らの声が響いて、私の心の中を土足で踏み荒らしていく。

私の顔を貶《けな》したいわけじゃないのはわかってる。こんなの彼らのいつものノリだ。それでも、真正面から向けられた言葉は凶器のように私の心を抉《えぐ》っていく。

「もしかしたら、寝不足で腫《は》れてるのかも！」

男子たちは「へー」と興味なさそうに返す。どうにか誤魔化せただろうか。

まだそわそわとして、落ち着かない。普段の目の方が偽物だと知られたら、他の人たちにも伝わってしまいそうで怖い。

「なにしてんの？」

奈柚が不思議そうにしながら私たちの輪に入ってくる。今の自分の顔で奈柚の隣に並ぶのは抵抗があって、私は俯《うつむ》きがちに笑う。

「私の目が腫れてるって話！」

「は？　ほんっとデリカシーない。そういうのいちいち言わなくてよくない？」

奈柚が苛《いら》立《だ》った様子で男子たちを責めると、彼らは一切悪びれることなく「だって気になるじゃん」と言い返す。

「だから、彼女できないんだよ」

「お前もデリカシーないだろ！」

いつもどおりの口喧嘩が始まったのを見て、私は糊が取れてきたことに気づかれないように目をぐっと細めながら笑う。

呼吸をしているのに、していないような息苦しさを感じて、意識的に深く息を吸った。

そして場の空気を悪くしないように、みんなの顔色をうかがう。

「顔の変化とか指摘するの本当やめてよね」

「加工と別人とか？」

「だから～！　人が不快になるようなこと言わない方がいいってば」

口喧嘩は続いているものの、奈柚も先ほどよりかは怒っていなさそうだ。

タイミングを見計らって、私は声を上げる。

「ごめん、今日用事があるから先に帰るね！」

「え、そうなの？　じゃあ、また明日ね～！」

「うん、また明日ね～！」

一歩、また一歩踏み出しても、教室を出るまでの時間が長く感じた。誰にもこんな顔を見られたくない。早く自分の部屋の中に逃げたい。


突然立ち去ってしまったことへの罪悪感を覚えながらも、私は家に着くと安堵《あんど》した。家でなら、素顔の自分でいられる。

「ただいま」

リビングの方から「おかえり」と声が返ってくる。私は洗面所まで行くと、鏡で顔を確認した。左目の糊は完全にとれていて、よく見ると半透明の固まったものが張り付いているように見える。

手を洗ったあとに、瞼と頬を洗った。

糊とコンシーラーを落として、素顔に戻った自分が鏡にうつる。

やっぱりニキビが悪化している。赤くなっていて膿んでいた。爪先で摘《つま》めば膿が取れそうに見えて、触りたくなるけれどぐっと我慢する。

これ以上悪化させないためにも、今日は早く寝ないと。

そう思っていたけれど、この日も結局なかなか眠りにつけなかった。


「はぁ……」

翌朝、体が重くて眠気が消えない。夜はあんなに眠れなかったのに、今なら再びベッドに入ったらすぐに眠ることができそうだった。

洗面所まで行くと、鏡にうつった自分を見て焦った。

頬のニキビは昨日よりもぷっくりと腫れて大きくなっていた。

睡眠不足のせいかもしれない。だけどベッドに入っても眠りにつけなかったし、したくて夜更かししたわけじゃないのに。

このままだとお母さんにも、ニキビができていることを気づかれる。

不摂生をしているんじゃないかと叱られるのが怖くて、私は部屋に戻るとコンシーラーでニキビの赤みをカバーした。潰さないようにそっと塗ったけれど、少し痛い。

スマホで【ニキビ　治し方】で検索をかける。どれも清潔にとか、睡眠、食べ物について書いてあるけれど、すぐに治す方法は見当たらなかった。

【ニキビ　早く治す】と打ち込んだところで、一階からお母さんが「海実〜！」と呼ぶ声がしてスマホをカバンに仕舞い込む。

「はーい！」

急いでリビングまで行くと、髪で頬のあたりをなるべく隠した。これならニキビは見えにくいはず。

シュガーバターをたっぷり塗ったトーストを食べていると、お母さんが私の左横に立った。どきりとして俯く。

「ヨーグルトは？　いる？」

「ううん、今日は大丈夫」

「そう。じゃあ、冷蔵庫に入れておくから夜にでも食べて」

幸いお母さんに気づかれることなく、無事に朝食を終えた。

ニキビの赤みはコンシーラーでカバーができたものの、もうひとつ問題がある。クラスの男子たちが指摘してくるかもしれない。

私の目のことを変だと言ってきたようにニキビについても、面白おかしく言いそうだった。

実際奈柚の顎《あご》にニキビができたとき、男子たちがふざけて潰そうとしていたことがあった。自分も同じことをされるかもしれないと怖くなってしまう。

悩んだ末、私は学校へ向かう途中にコンビニでマスクを購入した。

大袈裟《おおげさ》かもしれないけれど、ぷくっと膨れたニキビが目立たなくなるまでは隠しておきたい。

マスクをつけると安心感があった。顔が半分隠れているからか、自分の顔を曝《さら》け出さずに済むことで精神的な負荷が軽くなる。

学校へ着くと、普段よりも顔を上げて歩けた。私の一番のコンプレックスは左目だけど、それ以外にも鼻や口、それぞれのパーツの位置など気になるところはいくつもある。このままずっとマスクで顔を隠せたらいいのに。

「海実、どうしたの？　風邪？」

予鈴ギリギリの時間に登校してきた奈柚が、心配そうに声をかけてきた。

「ちょっと喉が痛くて～」

体調不良のフリをして、小さな声で話す。

「え、大丈夫？　無理しないでね」

奈柚はすんなりと信じてくれた。それと同時に、こんなどうしようもない嘘をつく自分に呆れてしまう。

奈柚にならなら本当のことを言ってよかったかな。だけど、ニキビができたからマスクで隠すなんて呆れられてしまうかもしれない。

昼休みになると、どうしてもマスクを外さないといけない状況になってしまう。お母さんの前でしたようになるべく髪で頬を隠しながら、俯きがちにお弁当のおかずを食べていく。

「海実、体調は平気？」

机をくっつけて一緒に食べている奈柚は、本当に私が体調不良なのだと思って声をかけてくれている。申し訳なくて、私は目を合わせることができない。

「ちょっと喉が痛いくらいで、マスクは予防みたいなものだから平気だよ！」

「そっか、それならいいんだけど。最近地味に風邪流行ってるじゃん？　季節の変わり目だからかなぁ」

相槌《あいづち》を打ちながら、私は朝調べ途中だったニキビのことを思い出す。

奈柚はニキビができたとき、どうしているんだろう。おすすめの洗顔とか聞いてみようかな。

「ねえ、奈柚……」

聞こうとしたときだった。翼ちゃんが、「奈柚〜！　海実ちゃん」と教室に響く声で呼びながら、こちらにやってきた。隣には翼ちゃんと仲のいい子がふたりいる。

「見て見て！」

目の前に差し出されたスマホの画面には、テスト問題らしきものが表示されている。

「先輩からもらっちゃった」

どうやら一年生のときに出た過去の問題を写真に撮って、送ってくれたらしい。

「奈柚と海実ちゃんもいる？」

「え……」

それって、よくないことなんじゃない？　と言葉が喉から出かかって、口を閉ざす。悪いことだという自覚はきっと翼ちゃんにもある。だからこそ小声で画面を見せてきたのだ。

「丸々同じではないだろうけど、似たような問題は出そうじゃん？」

もらってはいけない。わかっているけれど、断る言葉が思い浮かばない。

こういうとき、どう答えればいいのだろう。画像をもらってしまったら、たとえ問題に目を通さずに削除したとしても共犯になる。

「あのさ、これは知り合いから聞いた話なんだけど」

奈柚は怖い話でも語るような雰囲気を醸し出して、声を低くして話しはじめる。

「前にそれバレて、停学になった生徒いるらしいよ」

「え、マジ？」

「大事になっちゃうからって、伏せられているらしいんだけど。お兄ちゃんの友達がここの生徒だったから、聞いたことあるんだよね」

翼ちゃんたちは顔を見合わせて、苦笑する。

「けど、画像なら大丈夫じゃない？」

「他の一年にも散蒔《ばらま》いている可能性もあるし、どの先輩が流したのかが先生に知られたら、危ないかもよ。停学って進路に響きそうじゃん？」

「たしかに……なんか怖くなってきた。消しておこうかな」

奈柚の話が効いたみたいで、彼女たちは画像を消しはじめる。

「先輩たち、他の一年にもあげてそうだったもんね」

「そうそう。今回はタダだけど、次回から有料とか言ってたし」

「え、あれ冗談かと思った。怖。そういうのっていつお金請求されるかわかんなくない？」

ひとまず断る言葉を探さずに済んで安堵した。

先輩たちは後輩相手に小銭稼ぎをしているらしい。私は上級生と関わりがないので詳しくはわからないけれど、見た目も派手な人たちみたいだ。

「そういえば、あの先輩たちって久米とも仲よくなかった？」

久米くんの話題が出てきて私は、教室を見回す。今はどこかに行っているようだった。

「あー、喋ってるの見たことあるかも」

「やっぱ久米もヤバそうだよね。一年の中でも、仲いいの問題児ばっかじゃん」

久米くんはクラスメイトとは距離があるけれど、他のクラスの一年生には友達がいる。彼が仲いい人たちは授業をサボったり、先生と喧嘩して指導室に連行されることも度々あるのだとか。だけど、久米くんが授業を欠席しているのは見たことがない。

「ヤバいバイトしてるって本当なんじゃない？　ＯＤ用の薬を売ってるとかさ」

久米くんがヤバいバイトをしているという噂は聞いたことがあったけれど、詳しい内容は初めて聞いた。

「でも普通に薬局で買えるのに、わざわざ他人から買うの？」

「大量に必要だから薬局とかだと買えないんじゃない？」

咳止めの薬や鎮痛薬などの市販薬の過剰摂取をするという行為が、一部の高校生たちの間で流行っていて問題になっている。

そういう薬を大量に仕入れて売り捌《さば》いているバイトがあることにも驚きだけど、久米くんがしているというのがいまいちピンとこない。

ほんの少し関わったことがある程度だけれど、話してみると気さくでイメージと違っているように感じた。

「そろそろ戻ろ。じゃあ、またね～」

予鈴が鳴ると、翼ちゃんたちが帰っていく。私はお弁当の片付けをしながら、横目で奈柚を見る。

「テスト問題をもらうと、停学になることもあるんだね」

迂闊《うかつ》な行動をしたことによって罰を与えられることだってあるのだと思うと、少し怖くなる。

「あー、あれは半分嘘だよ」

「え？」

奈柚がニッと歯を見せて笑った。

「お兄ちゃんの友達がここに通ってたのも本当だし、テスト問題売っていた人もいたらしいんだけどね。実際バレなかったみたい。画像ならバレる可能性ってかなり低いしさ」

まさか嘘が混じっていたなんて思いもしなかった。それくらい奈柚の話し方はいつもどおりで、内容も本当のように聞こえた。

「はっきり断ると、絶対裏で色々言われそうだから、ああやって断るのがいいかな〜って」

彼女たちの誘いを断るためと、過去の問題の横流しという行為を止めるために奈柚はあの嘘の混じった話をしたんだ。

「上手に生きていくためには、時々嘘も必要でしょ」

「私、嘘って全く見抜けなかった」

咄嗟にあの対応ができる奈柚はすごい。私はどう断ればいいのか全然思いつかなかった。

「我ながら、機転が利いたなって思う！」

　ふざけた口調でニッと笑う奈柚に、つられて私も笑う。

　奈柚のことが大好きだ。けれど、隣にいればいるほど奈柚のようになりたくて自分のことが嫌いになる。

　どうして私たちはこんなにも違うのだろう。近くにいるのに、手の届かない存在のように感じる。

　自分の席に戻ると、斜め前の席の子がポーチから白い薬らしきものを取り出した。一錠口の中に入れて、水を飲んで流し込んでいる。たぶんあれは鎮痛薬だ。お腹が痛いのか、右手でさすっている。

　ふとＯＤのことを思い出して、ＳＮＳで調べていく。

　嫌なことを忘れられる。辛い気持ちを和らげてくれる。現実逃避のために、市販薬の過剰摂取がやめられないと書いている人たちがいた。

　そして注意喚起をしている投稿も多い。過剰摂取による中毒症状などもあるそうだ。体にもよくないだろうし、してはいけないことだと理解できるけれど、どうしても気になってしまって、スクロールする手が止まらない。

　すると、私のアカウントに通知が届いた。指先でタップをして確認をすると、中学のときの同級生からのフォローだった。

中学生の頃はメイクをしていなくて、黒髪を後ろでひとつに纏《まと》めていた彼女が、茶髪の外はねボブになっていて、カラコンとメイクをしている。

高校に入ってからイメチェンをした彼女に、私は釘《くぎ》づけになる。アカウントの名前が中学からのあだ名だったからすぐにわかったけれど、アイコンの画像だけ見たら、きっと誰なのかわからなかった。

私だけなにも変わらず、取り残されているような気分だった。

マスクを確認するように右手で頬に触れる。

しっかり隠れているはずなのに、ニキビができた頬や、パーツのバランスの悪い顔を曝け出しているんじゃないかと怖くなってしまう。

先生が教室に入ってきて、私はそっとスマホをスカートのポケットに仕舞った。けれど、授業中も自分の顔が気になって仕方なかった。


放課後、帰ろうと席を立つと、教室のドアの方で男子たちが喋っている。通りにくいなと思っていると、ひとりの男子がちらりと私を見た。

「いや、微妙じゃね」

頭から水をかぶせられたようにひやりとした。

私のことだという確信はない。ただ私が先に見ていたから目が合っただけかもしれない。

けれど、彼の発した言葉が胸に突き刺さる。

マスク……マスクはちゃんとついてるよね？

手で確認して、しっかり布の感触があることに安堵する。

それなら目が醜いのかもしれない。糊がとれていないか左瞼に触れてみると、これも問題ない。

「えー、きもすぎるんだけど」

「ダサくない？」

私の髪型？　それとも制服の着こなし方？

周囲から聞こえてくる言葉たちが、自分に向けられているような気がしてしまって、意識を逸《そ》らすように頰の内側を嚙む。

悪い方に考えすぎちゃダメ。勘違いだ。……そうに決まっている。

鞄《かばん》を胸の前で抱きしめながら、私は俯いて廊下に飛び出す。

心臓が壊れたかのように鼓動が異常なほど速くなり、私の呼吸は浅くなっていく。

冷や汗をかきながら、たどり着いたのは元演劇部の部室だった。

浅かった呼吸が少しずつ整っていく。

ここは静かで、窓から差し込む日差しが柔らかくて暖かい。きたのは二度目なのに、不思議な安心感があった。

布を外して鏡の前に座り込む。

誰も私のことなんて見ていない。そもそも私なんて話題に上がらない。

心の中で自分に言い聞かせながら、乾いた笑いが漏れる。

こんなの自意識過剰だ。

馬鹿みたいだと思うのに、周りの言葉や笑い声、視線が気になってしまう。

悪目立ちしているんじゃないか。私の顔や髪、動作が変なんじゃないか。そんなことばかりを考えてしまう。

鏡にうつる私は、目から下を白いマスクで隠していて、ほとんど顔なんて見えない。髪型だって、肩よりも少し長いくらいの癖のない黒髪。

この部屋に入ってから不安や焦りのようなものは消えたけれど、憂鬱な感情は心の真ん中に苦く残っている。

どうしたらこの日常から抜け出せるのだろう。

周りのことなんて気にせず、自分のやりたいように過ごしてみたい。けれど、それをする勇気すらない。

ドアが開く音がして、慌てて振り返る。部屋に入ってきたのは久米くんだった。

「うお、びっくりした！」

彼は私に気づくと、幽霊でも見たように顔を強張らせて大きな声を上げる。私がいるなんて考えもしていなかったらしい。

「ごめん、すぐ出るね！」

立ちあがろうとする私に、久米くんが手のひらを向ける。

「いいって。ひとりでいたいなら、俺が出てくから」

「そういうわけじゃ……」

上手く言えない。久米くんといるのは緊張するけれど、出て行ってほしいわけではない。

「なら、俺もここにいていい？」

「う、うん」

目の前の鏡に目を向ける。ひとりで鏡の前に座っているなんて、変に思われるだろうか。なにか話さないと。話題を必死に考えていると、昨日疑問に思っていたことが頭に浮かんだ。

「……昨日」

「ん？」

「どうして、ここに連れてきてくれたの？」

おそらくここは久米くんがよく訪れる場所なのだろう。そんな秘密基地のような部屋を私に教えてくれた理由がわからない。

「高坂がしんどそうだったから」

「え、そんなふうに見えた？」

「少なくとも楽しそうではなかった。余計なことをしたなら、ごめん」

「余計なことなんかじゃないよ。……ありがとう」

あのとき奈柚と比べて自分は劣っていると、他人の言葉で改めて自覚して惨めだった。愛想笑いで彼女たちに合わせて、話題の切り替えすらすることができず、足が動かなかった。あのとき久米くんが連れ出してくれなかったら、もっと苦しかったかもしれない。

「それにさ、息を吸える場所って必要だろ。だから高坂にとってもここがそういう場所になったらいいなって思ったんだ」

高坂にも、ということは、久米くんにとってもここは息苦しさから抜け出せる場所なのだろうか。

「けど、私がここに他の子たちを連れてきたら、久米くんの憩いの場がなくなっちゃう可能性だってあるのに、私に教えてくれてよかったの？」

「他のやつらに教えんの？」

「ううん。そのつもりはないけど……」

ふっと久米くんが笑う。目尻に皺が刻まれて、優しい表情になった。

「高坂、俺が数学のプリントのことで困ってたら助言してくれたじゃん。あのおかげで問題解けたし、すげぇ助かったんだよ。だからさ、そのお礼」

私の些細な行動で久米くんは、親切な人だと勘違いしているようだった。

私は別に優しいわけじゃない。あのときだって、善意というよりもあのまま放っておいたら自分があとでモヤモヤする気がしたから、伝えに行っただけだった。

「答えを教えずに、参考になりそうなところだけ教えるって不親切じゃない？」

「自分で解かないと意味ねぇじゃん」

なに言ってんだ？　とでも言いたげに、久米くんが眉を寄せた。私にとっては彼の発言の方が予想外で驚きだった。

「それにさ、先生に放課後まで待ってくれって言ってくれたんだろ？」

私が頼みに行ったことが数学の先生から久米くんに伝わってしまっているようだった。

「ごめんね、お節介なことして」

「いや、むしろ助かった。ありがとな」

こんなにも真っ直ぐに人にお礼を言えて、人懐っこい笑顔を見せる人がどうして学校で浮いてしまうんだろう。

むしろ、彼みたいな人はクラスの中心にいてもおかしくない。

「前も何度か提出物のことで声かけてくれたし、いつもありがとう」

「ううん。私は大したことしてないよ。先生に頼まれただけで……」

ふとあの噂を思い出した。ＯＤ用の薬。市販の鎮痛薬などを大量に売っていると言われている人だ。いい人そうに見えても、それが彼の全てとは限らない。

彼に対する恐怖よりも、ODのことが気になってしまう。憂鬱な気分を切り替えることができるのなら、少しくらい鎮痛薬を飲んだっていいのかも。

「あ、あの……鎮痛薬とかっていくらくらいで売ってるの？」

手に汗を握りながら、微かに震える声で彼に尋ねる。

少しでも嫌そうにされたら、適当に誤魔化そうと思ったけれど、久米くんはきょとんとして首を傾げた。

「え？　千円いかないくらいで買えるんじゃね？」

やっぱり噂は本当だったんだ。そのくらいの値段で買えるのなら、私の手持ちのお小遣いでもどうにかなりそうだ。

「えっと……じゃあ、私も買ってみたくて……」

こんなことしちゃダメ。頭ではわかっているのに、止まらない。私の沈んだ気持ちを少しでも慰めたくて、逃げたくてたまらなかった。

「薬局で買えると思うけど」

「違くて、その……久米くん、売ってるんでしょ？」

「なんの話？」

鎮痛薬などの市販薬を久米くんが大量に仕入れて学生たちに売っていると聞いたと話す

と、久米くんは眉根を寄せる。

「身に覚えがねぇんだけど」

「え……」

少し考え込むように腕を組んで、記憶の中から無理やり引っ張り出すように唸《うな》っている。

嘘をついているようには見えない。本気で久米くんは困惑しているようだった。

「あるとしたら、頭が痛いって言ってた友達がいたから、俺が近所の薬局まで買いに行ったことがあるくらいだな」

いつのまにかその話が大きく膨れ上がって、違う形になってしまったようだ。

「ご、ごめんなさい！　私勘違いして、変なこと言って……忘れて！」

「なんで薬欲しかったの」

床に座ったままの私を久米くんが見下ろす。勘違いしてしまったことへの申し訳なさと、私の内側に抱え込んだ思いを隠したくて目を逸らした。

「それは……ちょっと興味があって」

「ただの好奇心？」

ここで頷けば、適当にはぐらかすことができる。けれど、私は動くことができなかった。

もしも言いふらされたら、どうしよう。奈柚に引かれてしまうかもしれないし、他の人たちに知られたら悪い意味で噂の的になる。

「……誰にも言わないで」

「言わないよ。だから、理由が知りたい」

本当にその約束を守ってくれる保証はない。でも彼から逃げる術《すべ》が思い浮かばなくて、私は消えそうな声でぽつりと漏らす。

「嫌なことを忘れられるって書いてあったから」

馬鹿げていると思われるかもしれない。

薬の過剰摂取なんてしても、ほんのわずかな時間だけ忘れられるだけで、体には毒でしかない。冷静に考えたら、するべきじゃないってわかっているのに先ほどの私はどうかしていた。

「なあ、隣座っていい？」

「え、うん」

彼から返ってきた言葉に拍子抜けする。そして私の隣で胡座《あぐら》をかいて優しく微笑まれたことに目を見張った。久米くんがなにを考えているのか読めない。

「教えて」

「……なにを？」

「高坂にとって、なにが忘れたいくらい嫌だったのか」

私を見つめる久米くんの目が、本気で心配しているように見える。

薬を売っているなんて勘違いされて怒ってもおかしくないのに、何故か彼は私のことを気にかけてくれていた。

「友達とか親には話しづらいかもしれねぇけど、他人の俺になら話せることもあるかもしれないじゃん」

久米くんの言うとおり、奈柚や中学の友達、親には話しづらい。私の心の中を吐露したら、面倒だと思われて離れていくんじゃないかと怖くなる。

ほとんど関わりがないとはいえ、久米くんはクラスメイトだ。本名も顔も知らないネット上の人とは違う。

躊躇っているのが伝わったのか、ニッと久米くんが笑った。

「気が向いたらでいいけどさ。俺もよくここにくるから、高坂も俺と話がしたくなったらここにきてよ」

私が彼に打ち明ける日がくるとは思えない。目を伏せると、青いカバーをつけたスマホが視界に入ってくる。

「とりあえず、連絡先教えて。けど、嫌だったら断っていいから」

戸惑いはあるけれど、嫌なわけではない。むしろ私と交換したところで、彼にとってメリットなんてあるのだろうか。

「私でいいの？　あんまりメッセージとか得意じゃないし、つまらないと思うよ」

「別に気にしないし、高坂の気分で返事してくれればいいよ」

そんなこと初めて言われた。

私は人と連絡を取り続けるのは得意じゃなくて、自分の返事で不快にさせなかったか気になってしまう。

対面で話すなら表情が見えるけれど、スマホ越しでは相手の顔色を見ることができない。だから、メッセージで話すと普段の倍くらい疲れてしまう。

「それにさ、俺は高坂のことをもっと知りたいって話してみて思ったから」

久米くんからはなんの含みも感じない。ただ純粋に私に興味を抱いてくれているのだと伝わってくる。

「ＩＤ教えてくれる？」

私の返事に久米くんは目尻を下げて笑った。

二章　思春期の風邪

久米くんと連絡先を交換したものの、その場でお互いにスタンプを送り合っただけで終了した。帰りの電車の中で、スマホに表示された久米くんの連絡先を眺める。まさか彼の連絡先を知る日がくるなんて。

奈柚や他の人たちに知られたら、驚かれそうだ。きっと大丈夫なの？　と奈柚に聞かれるかも。久米くんは噂のような人じゃなかったよって話したら、信じてくれるだろうか。

電車の窓ガラスにうつった私の姿を見て、咄嗟《とっさ》に俯《うつむ》いた。

自分の顔のことを思い出すと、落ち着かなくなる。マスクをしていても、周りに見られている気がしてしまう。

気分が沈んでいくと、先ほどの自分の醜態が頭に浮かぶ。

どうして、あんなことを言ってしまったんだろう。

噂を鵜呑《うの》みにして、鎮痛薬を売っているなんて思い込んでしまった。時間を戻したい。久米くんを困らせたに違いない。

勘違いしてしまったことが申し訳なくて、そして自分の言動が恥ずかしい。この先、久米くんに連絡なんてできそうになかった。

家の前で制服を整えてから、マスクを外す。そして口角を上げて笑顔を作って、玄関のドアを開けた。

「ただいま！」

お母さんと鉢合わせる前に洗面所に直行すると、いつものように左目の糊《のり》をとる。そして、頬を確認した。

ニキビは一向によくなる気配がない。清潔にするために本当は今すぐコンシーラーを落とした方がいいはず。だけど、お母さんに見られたくなくて、そのままにすることにした。あとでニキビを早く治す方法について詳しく調べなくちゃ。

「海実〜！」

お母さんの声がして、私は急いでリビングに向かう。

「今日もらったんだけど、どの味がいい？」

テーブルの上には、ケーキ箱が置いてある。蓋《ふた》が開いていて中を覗《のぞ》くと、三種類のエクレアが並んでいた。色はピンク、緑、茶色の三種類ある。

普段なら喜んで食べていたけれど、今はニキビのことが気になってしまう。

甘いものを食べたら、もっと悪化してしまうかも。だけど、ここで食べなかったら、体調が悪いと思われそうだ。

……選ばないと。

「苺《いちご》と抹茶、ミルクチョコだって。先に好きな味選んで」

お母さんは抹茶が好きだし、お父さんはあまりフルーツが好きじゃない。私はどの味も好きだから苺にしよう。

「じゃあ、苺にしようかな！」

お母さんがお皿の上にエクレアをのせてくれる。美味《おい》しそうだけど、気が進まない。ニキビが悪化しないうちに、早くコンシーラーを落としたかった。

「紅茶飲む？」

「あ、うん！　私が淹《い》れようか？」

「海実」

キッチンへ行こうとすると、引き留めるように名前を呼ばれた。お母さんが眉根《まゆね》を寄せて私のことを見てきて、どきりとする。

「ちょっと見せて」

お母さんの声が先ほどよりも硬い。叱られる直前の空気に私は息をのむ。

「頬、なにか塗っているでしょ」

嫌な予感は的中して、心臓が脈打つ音が頭に響いてくる。

私がメイクをすることに反対しているのだから、コンシーラーを使っていると知ったら、お母さんは怒るに違いない。

どうしよう。なんて説明すればいいんだろう。なにも言わないでいると、もっと怒らせちゃう。早く謝らなくちゃ。

「……ごめんなさい」

声を振り絞って震えながら謝罪する。

「そうじゃなくて、事情を話して」

「え、と……その、」

ちゃんと喋《しゃべ》らないとって思うのに、焦れば焦るほど言葉が出てこない。

「海実、落ち着いて喋りなさい」

とんとんと、背中をお母さんに叩《たた》かれる。だけど、心臓の音はどんどん大きくなって、呼吸は浅くなっていく。

「怒っているわけじゃないの。ただ理由を聞かせて」

軽い感じでニキビを隠したかったんだって笑って話せば許してもらえるだろうか。それでニキビがあるときだけ、隠させてほしいってお願いをしないと。

口角を上げようとして、不意に記憶が掘り起こされる。

『へらへら笑って誤魔化さないの』

前にお母さんに叱られたときに、そう言われたことがあった。

私の誤魔化しは、お母さんには見抜かれてしまう。だから、笑ってやり過ごそうとしちゃダメだ。

「ニキビを……隠し、たくて……」

やっとの思いで言葉が出てきたものの、お母さんがため息を吐く。

メイクはまだ早いって言われていたのに約束を破って、こっそりコンシーラーを使っているなんて、きっと呆《あき》れられた。

「気持ちはわかるけど、清潔にしないとニキビには逆効果だからね」

「……うん」

「手をよく洗った後に、お母さんのメイク落としを使って落としてきなさい」

お母さんに言われたとおりに私は洗面所へ向かった。

石鹸《せっけん》で手を洗った後に、メイク落とし用のオイルを頬につける。

すると、肌色のコンシーラーが浮き出てきた。そのあとは、顔を洗ってから化粧水などで整える。

鏡にうつった素顔に、悲鳴を上げそうになった。

……これ、誰？

目は倍以上大きくなっていて、鼻は小さくて尖《とが》っている。口は小さいけれど、ふっくらしている。パーツの位置は極端に狭まっているように見えた。

まるで加工を大袈裟《おおげさ》に施したような顔だ。

カメラの中では理想の顔だと思っていた。だけど、鏡にうつる、加工をしたような顔の自分は気味が悪い。不自然で作られたみたいだ。

……こんなの私の顔じゃない。

怖い。自分の顔が気持ち悪い。どうしよう。なにをしたら、元に戻るの？

「……っ、ぅ」

くらりと視界が揺れる。倒れるように座り込んで、震える手を必死に握りしめる。こんな顔、誰にも見られたくない。

「海実⁉」

お母さんの焦った声と、大きな足音が聞こえる。けれど、私は顔を上げることができない。先ほどまでの叱られる焦りよりも、今は自分の顔への恐怖心の方が上回っていた。

「大丈夫？　具合悪いの？」

何度も声をかけられて、私は消えそうな声で「少し、目眩《めまい》がして……」と答える。吐きそうなわけではないのに、胃の辺りがムカムカして目の前が霞《かす》む。あまり眠れていないからかもしれない。

「ひとまず、リビングに移動できる？」

「……うん」

お母さんに支えられながら、私はリビングに戻ってソファに座った。

力が入らない。目のコンプレックスだけでも日々心が削られていたのに、今では自分の顔が怖い。

エクレアはケーキの箱に戻して冷蔵庫に入れたようで、目の前にあるローテーブルには淹れたての紅茶が置かれる。

隣に座ったお母さんは、「大丈夫？」と私に声をかけてきた。けれど、私はどう答えればいいのかわからなかった。

「学校でなにかあったの？」

目に涙を浮かべながら、顔を上げる。

「私の顔……変になってない？」

また呼吸が浅くなって息苦しい。自分の心を落ち着かせるように、微《かす》かに震える手を爪が皮膚に食い込むほど強く握りしめた。

「え？　変って？」

「……鏡を見たら変だったの。目がすごく大きくなってて、鼻は小さく尖ってて、それで口も」

「落ち着いて、海実。お母さんから見たら、いつもと変わらない」

その言葉にほんの少しだけホッとしたけれど、すぐに焦りが芽生える。他の人から見て変化はないのに、どうして私からは違う姿に見えたのだろう。

「いつから自分の顔が違って見えるようになったの？」

「ついさっき……朝はなんともなかったの。でも今メイクを落としたら、こんなふうになってて……それで」

お母さんはじっと私の顔を見たあと、肩に軽く触れてくる。

「大丈夫。きっと思春期の風邪にかかっているだけだから」

「……思春期の風邪？」

詳しくは知らないけれど、たしか十代がかかるもので精神的なものだったはず。

「ほら、涼香《すずか》ちゃんっていたでしょ？　あの子も思春期の風邪にかかっていたの」

涼香ちゃんは、この家に引っ越してくる前に住んでいたマンションで一緒だった子だ。私よりもふたつ上で、面倒見がいいお姉ちゃんだった。私が小学生の頃は、よく一緒に遊んでいたのを覚えている。

私の記憶の中の涼香ちゃんは、いつだって笑顔で優しくて、私と似たような症状で悩んでいたなんて想像もつかない。

「たしか中学二年生の頃だったと思うけど……自分の顔が違って見えるって言って、学校に行けなくなっていた時期があるのよ」

「涼香ちゃんはどうやって治ったの？」

前のめりになりながら、お母さんの話に食いつく。けれど、お母さんは眉を下げて首を横に振った。

「うちの家も引っ越しを控えていたし、その後の話は聞いてないの」

引っ越しをしてから交流も減ってしまって、涼香ちゃんがどうやって治したのか、どのくらいの期間で治ったのかは、わからないらしい。

「海実、明日心療内科に行こう」

「え……でも風邪なのに、心療内科なの？」

それにわざわざ心療内科に行くなんて、私には大袈裟なことのように思えてしまう。

「思春期の風邪といっても本当の風邪じゃないの。精神的なものだから早いうちに、一度診てもらった方がいいでしょ」

大事になっている気がして戸惑うけれど、お母さんが心療内科に行った方がいいと言うのならそうするべきなのだろう。そう納得して、私は頷《うなず》いた。


翌日、私は学校を休んでお母さんと心療内科へ行くことになった。

奈柚には体調不良で、念の為病院で診てもらうとメッセージを送っておいた。

【大丈夫？　お大事にね！】

嘘をついてしまうことに罪悪感を抱きながらも、この顔で学校に行かずに済んだことにホッとする。

コンシーラーを使っていたことについても、お母さんは怒らなかった。それよりも思春期の風邪にかかっていたことに衝撃を受けたみたいだった。

部屋の鏡の前に立つと、顔を顰《しか》めてしまう。極端な加工がかかっているような自分の顔は気味が悪い。

隠すようにマスクをすると、不思議なことに大きすぎると感じていた目が普通の大きさに見えるようになった。

……どうしてだろう。

鏡の方へ近づいて、じっくりと顔を観察する。まるでフィルターがとれたみたいだ。マスクで鼻と口元が隠れているからだろうか。

「海実、そろそろ出られる？」

玄関の方からお母さんの声がして、私は黒いキャップ帽をかぶって部屋を出た。

車の助手席に乗って、心療内科に着くまで私はスマホでＳＮＳをチェックする。

おすすめでかわいい外見のアイドルたちの写真がたくさん流れてきて、気になって指先で何度もタップして彼女たちの顔を眺める。

ぱっちりとした目に、小ぶりな鼻。頬がほんのりと桃色に染まっていて、唇もツヤツヤとしている。肌だってみんな綺麗《きれい》だ。

こんなふうになりたいと思っていたけれど、鏡にうつった私の顔は理想を通り越して過剰だった。

「海実」

名前を呼ばれて我に返る。スマホを見すぎて怒られるかもしれない。慌てて膝《ひざ》の上でスマホの画面を伏せた。

「コンビニで飲み物買う？」

「え……大丈夫だよ」

「そう。じゃあ、真っ直ぐに向かうね」

普段のお母さんらしくない。私に気を遣っているように見えて、逆に不安になってしまう。私の状況って、そんなに悪いのだろうか。

不安を抱えたまま心療内科へ到着すると、中には年配の女性と小学生くらいの女の子と保護者の三人がいた。

受付をして壁際のソファにお母さんと一緒に座る。待っている時間に再びスマホでSNSを開いた。

おすすめに表示されたのは、加工されている女の子の写真。それを見て、鏡にうつった自分を思い出してしまう。軽く目眩がしてきて、スマホを閉じた。

「高坂さん」

名前を呼ばれてお母さんと立ち上がる。

案内された個室へ入ると、キャスター付きの椅子に座った先生が出迎えてくれた。

「こんにちは」

「……こんにちは」

五十代くらいの女性で、優しそうな人でホッとした。

お母さんが先生に、私が自分の顔を違って見えることなどを一通り説明する。そしてここ最近の体調や、環境の変化がなかったかなどを聞かれた。

「他に変わったことはありましたか？」

「……思い当たるのは、頬にニキビができたことくらいです」

先生は頷いたあと、カルテになにかを書いていく。

「症状を聞くかぎり、思春期の風邪で間違いなさそうですね。ニキビができて、コンプレックスが刺激されたのが引き金になったのかもしれません」

お母さんが言っていたとおりだった。指先でマスクに触れる。どうしたら自分の顔の見え方が戻るのだろう。

「中高生の子が外見に強いコンプレックスを抱いた影響で心に負荷がかかると、思春期の風邪にかかるんです」

強いコンプレックスという言葉に、お母さんが私の顔を見た。きっと私がどんなコンプレックスを抱いているのか、お母さんはなにも知らない。

「主な症状として、自分を醜く感じる錯覚を起こしたり、他者に見られることに恐怖心を抱いたりします」

どれも私に当てはまる症状だった。最近自分の顔が前よりも気になって、鏡にうつった姿が醜く感じる。

「多くの人がマスクをしていると症状が和らぐので、思春期の風邪と呼ばれるようになったんです」

先生と目が合うと、「大丈夫ですよ」と優しい声をかけられる。

「顔のことを気にして気分が落ちることも多いと思いますが、別のことを考えるようにしてみてください」

「……別のことですか？」

「気を逸《そ》らして、深く考えすぎないようにするのが大切です。バイトや部活などで忙しくなったことで顔のことを考える時間が減ると、精神的な負荷が消えていったという人も多いです」

「あの、薬とかはないんですか？」

私の質問に先生は眉を下げた。

「思春期の風邪はコンプレックスなど精神的なものが原因ですので、薬では対処できないんです」

「え……」

「ストレスで悪化しやすいので、溜《た》め込みすぎないように気をつけてくださいね」

てっきり薬を処方されると思っていたので、拍子抜けした。

それにストレスを溜めないようになんて言われても、正直難しい。

今更部活に入りづらいし、バイトはお母さんに禁止されている。どうしたら治せるのか、私には一切希望が見えなかった。

「他人に顔を見られることを恐れる患者さんには、鏡にうつる自分と向き合い受け入れていく心の対話のカウンセリングをしていくケースもありますが、高坂さんはいかがなさいますか？」

鏡にうつる自分が醜く見えて仕方ないのに、鏡を見て自分と向き合うなんて私にはできそうにない。答えられずにいると、お母さんが「大丈夫です」と答えた。

「カウンセリングについては少し考えます」

私が躊躇《ためら》っているのを察したようで、断ってくれたみたいだった。

「わかりました。必要になったら連絡してくださいね」

帰りの車の中で、スマホを握りしめたままぼんやりと外を眺める。膝の上には先ほど心療内科で渡された思春期の風邪に関するパンフレット。パラパラと流し読みしたけれど、思春期の風邪は十人に一人はなると書いてあった。

軽度の人は、一時的にマスクをして過ごし、数日で症状が落ち着く人もいるそうだ。重度の人はマスクが手放せなくなり、鏡や写真にうつることに恐怖心を抱いて人前に出ることができなくなるらしい。

私は重度に片足を突っ込んでしまっているのではないかと不安になる。けれどまだ二日目だ。明日には治っている可能性だってある。その望みに賭《か》けるしかない。

「海実はなにかやりたいことはないの？」

お母さんはどこか気まずそうに私に聞いてきた。

「なんでもいいのよ。興味があることにとりあえず挑戦してみたら？」

「……うーん」

すぐには思いつかず、考え込む私にお母さんが困ったように眉を寄せる。

「習い事とかしてみる？　英会話とか、ピアノとか。あ、水泳昔やりたいって言ってたでしょ。どう？」

「え……」

いつ言ったのか思い出せない。少なくとも中学生や小学校高学年のときに言った記憶はなかった。

幼稚園の頃にプールが大好きだったとお母さんから聞いたことがあるけれど、その頃にでも言ったんだろうか。けれど、今は水泳を習いたいと思わない。

「考えてみるね」

嫌だと言えなくて、当たり障りない言葉を返す。するとお母さんは慌てた様子を見せた。

「無理にじゃないのよ。興味があればだから。ね?」

「うん。わかった」

本当はバイトをしたい。それで自分の服や小物、メイク道具などを買いたい。けれど、言ったとしてもお母さんは嫌がる。バイトは大学生になってからできるんだから、今は勉強を頑張っていい大学に入ることが、お母さんが理想としている私の姿。

私はいつもお母さんの言うとおりにして生きていた。

それが嫌なわけじゃない。むしろいつも甘えすぎていると自覚がある。でも、時々息苦しくて、ひとりになりたい。

「お父さんには話す?」

「……あんまり話したくない」

「そっか。じゃあ、ひとまずは言わないでおくね」

お父さんに私の悩みを話したくない。

中学生の頃に、部活の先輩からキツく当たられることがあって、お父さんに相談をしたら『そんなことで悩んでんのか?』って笑われてしまった。

『海実は案外うじうじしているよなぁ。自分が思っているよりも、周りは気にしてないから。な?』

『けど、キツいこと言われてるのは本当だよ』

『適当に笑って流しておけばいいんだって』

落ち込んだ私を元気づけようとしたのかもしれないけど、からかうように笑いながら言ってくるお父さんの対応に傷ついた。

それ以外にも度々、無神経なことを言うことがある。前髪が変だとか、身長のことを指摘してきたり、服装が似合っていないとか。

普段は明るくて好きだけど、真剣な話はしたくない。私のコンプレックスだって、お父さんに話しても理解なんてしてくれないはずだ。


どこかに出かけるか聞かれたけれど、真っ直ぐに家に帰ることにした。

お昼ご飯を食べる気力も湧かなくて、憂鬱《ゆううつ》な気分のままカーテンを閉めた部屋のベッドに倒れ込むように寝そべる。

このまま暗い沼の底に沈んでいきそうなくらい、体が鉛みたいに重い。

慣れない場所に行って疲れたのもあるけれど、薬などで簡単に治るものではないと知ってショックだった。

学校の人には絶対に知られたくない。思春期の風邪だとバレたら、強いコンプレックスがありますと主張しているようなものだ。

仰向《あおむ》けになって、目を閉じる。

お願い。明日は治っていますように。


翌朝、いつもよりも早く目覚めた。けれど、鏡を見るのが怖くてベッドから起き上がれない。今日学校へ行けば、明日から週末だ。いつもならそう考えれば気が楽になるのに、上手《うま》く切り替えられない。

あと十分。あと五分と何度も先延ばしにして、結局アラームをかけている時間になってしまった。

上半身だけ起こし、足を床に伸ばす。

嫌だな。起きたくない。鏡も見たくない。

そんなことを考えながら、立ち上がって姿見の方へ向かう。

爪先から腹部、肩、顔とゆっくり視線を上げていく。顔を見て、力なくその場に座り込んでしまう。

鏡には生気のない顔をした私がうつっている。そして目は虫眼鏡をあてたように大きく、鼻は小さくて鋭い。全体的にパーツがぎゅっと寄って見えた。

「……治るわけ、ないか」

願いは叶《かな》うことなく、鏡にうつる私の顔は醜いままだ。

すぐに治るのは難しいとわかっていたけれど、心のどこかで治ることを期待していたのかもしれない。がっかりした気持ちが大きく、頬に涙が伝う。

「う……っ」

自分の顔のなにもかもが不快だ。近くにあった学校の鞄《かばん》からノートを取り出して姿見に向かって投げつける。

「なんで……っ、なんで！」

何度も何度も投げつけて、虚《むな》しく床に落ちる。

鏡にうつる私は、どうしてこんなに気持ち悪いの？　日に日に醜くなっている。

小刻みに震える手で、私は自分の顔を掴《つか》んだ。

こんな顔、いらない。

頭に浮かぶのはＳＮＳで見かけたアイドルたちや、奈柚。そして学校にいるかわいい女の子たちの姿。

もっと違う顔だったら、あの子たちみたいだったら……こんなふうにならなかったのに。

醜い自分が大嫌いだ。

どのくらい時間が経ったのだろう。床に座り、壁に寄りかかりながら私は俯いていた。

部屋のドアがノックされた音で我に返る。

「起きてる？　学校遅刻するよ」

お母さんが心配して私の様子を見にきたみたいだ。

「うん、起きてるよ。今から準備する」

口を薄く開いて返事をするものの、声が上手く出ない。

「大丈夫？　開けるよ。え……海実？」

私の声が聞こえなかったのか、部屋のドアを開いた。

鏡越しにお母さんの姿が見える。ベッドに私がいないことに驚きながらも、床に座り込んでいるのを発見して「どうしたの⁉」と慌てて声をかけてきた。

「具合悪いの？」

「……わかんない」

私、どうしちゃったんだろう。学校に行かなくちゃって思うのに、なにもしたくない。

学校の人たちにこんな顔を見られたくない。

「念のため休む？」

いつものお母さんなら、熱がないなら学校へ行きなさいと言うはずだ。それなのに今日は違う。

お母さんから見て、私はおかしくなっているのだろうか。だから気を遣ってくれているの？

そう思った瞬間、ますます自分のことが気持ち悪く感じる。

でも、このまま休んでしまったら、私はどうなってしまうの？

思春期の風邪にかかっただけなのに、まるで病人のような扱いだ。それにいつものお母さんと様子が違うのが、さらに不安になる。

「学校に連絡してくるから、ベッドで休んでいなさい」

「で、でも学校行かないと！　熱があるわけじゃないし、私大丈夫だから！」

病気なわけじゃない。きっとちょっと思春期の風邪は治りにくいだけで、普通に生活をしていたら、そのうち治るはず。だから、学校を休むほどじゃない。

「海実！」

お母さんが叱るような声音で私を呼ぶ。

「今日はいいから休みなさい。いい？」

なにも答えないでいると、お母さんはそう言って部屋から出て行った。カーテンが閉まった薄暗い部屋の中で、私は床を這《は》うように動きながらベッドの方へ行く。

足が動かないわけではない。だけど、力が出なくてベッドの上にのると、枕を抱き抱えながら体を丸めた。

そのまま眠ってしまったようで、目が覚めたときは午後の二時を過ぎていた。

スマホを見ると、奈柚からメッセージが届いていた。

【海実、大丈夫？　今日も海実がいないから学校つまんないよ～】

気を遣ってくれているのかも。だけど、奈柚の言葉が嬉《うれ》しかった。

【ごめんね～！　なかなか治らなくて！】

奈柚に嘘をつきたくなかったけれど、私にはこれ以外の返信が思いつかなかった。思春期の風邪のことを話したら、奈柚はどう思うんだろう。

高校で一番仲のいい奈柚には話してもいいのかもしれない。

奈柚は人のことを馬鹿にしないし、思春期の風邪について悪く言われない気がする。でも、コンプレックスなんかを抱えていると知られるのが嫌だ。

ポンッと軽快な音がした。メッセージの通知音だ。

一覧を見ると、予想外な相手だった。

【昨日から休んでるけど、なんかあった？】

まさか久米くんから届くと思わなかったので、混乱していると指先が当たって開いてしまった。

【それとも風邪？】

返事をする間もなく、もう一通届いた。既読してしまった以上、早く返さなくちゃ無視をしたみたくなってしまう。

【体調があまりよくなくて】

素気ないだろうか。絵文字とか使った方がよかった？　けど、テンション高すぎでも引かれるかもしれない。ぐるぐると考えていると、すぐに既読になった。

そして複数の画像が送られてくる。

【これ、ノート。こないだのお礼】

私が休んでいる間のノートの写真を撮って送ってくれたらしい。

【ありがとう！】

【午後の授業のノートもあとで送る】

たった一度、プリントの件で範囲を伝えただけなのに。久米くんの優しさに心がじんわりと温かくなる。

先程までは動くのも億劫《おっくう》だったけれど、喉《のど》が渇いてきた。それに少しだけ空腹を感じる。

私は部屋を出て、洗面所へ向かった。

歯を磨いて、顔を洗う。いつも当たり前のようにしていたことが、朝はできなかった。ようやく調子が戻ってきた気がしてホッとしたものの、鏡にうつる自分のことは直視できない。見てしまったら、また気分が悪くなりそうで怖かった。

リビングへ行くと、私の姿を見たお母さんが柔らかく微笑んだ。

「お腹すいた？」

「……うん」

「おにぎりがいい？　パンがいい？」

「おにぎりがいい」

お母さんが炊飯器を開けて、おにぎりを握ってくれる。

おにぎりに塩はつけたいか、海苔《のり》を巻くか、お茶を飲むかなど聞いてくれるお母さんは、体調を崩したときのように優しい。

ダイニングテーブルに、おにぎりがふたつのせられた食器と、緑茶が入った小さなグラスが置かれた。

「いただきます」

緑茶を飲むと、渇いた喉が一気に潤っていく。一口飲むつもりが止まらず、一気に飲み干してしまった。それを見たお母さんが再び緑茶を注いでくれる。

「ありがとう」

おにぎりを手に取ると、ラップ越しに温かさを感じた。塩気があるお米が美味しくて、緑茶のように一口、もう一口と止まらなくなる。

私、思っていたよりもお腹がすいていたみたい。

「ゆっくり食べて」

「……ん、だって美味しくて」

私の言葉にお母さんが笑う。

「ふたつで足りる？」

「足りると思う」

ひとつは梅干し、もうひとつは大葉味噌《みそ》。どちらも私が小学生の頃から好きな味だった。

目に涙の膜が張る。おにぎりが美味しくて満たされた思いもあるけれど、それだけじゃない。

高校生になって幼い頃とは変わったものもあるけれど、変わらないものもある。私の好きな味を覚えていてくれたことが、無性に嬉しくて泣きたくなった。

「どうしたの⁉」

私の顔を覗き込んでくるお母さんに、笑いかける。

「おにぎりが美味しくて。ごちそうさま」

「……最近作ってなかったものね。今度また作るよ」

片付けは自分ですると言って、私は流し台で食器を洗う。冷たい水が手に触れると心地いい。

洗い終わると、お母さんに呼ばれてソファに座る。

「海実、少しだけいい？」

なにを言われるのかと身構えていると、隣に座ったお母さんがピンク色のポーチを開けた。中からベージュ色の細長いボトルを取り出す。

「コンシーラーとしても使えるファンデーションなんだけど、これつけてみる？」

意外な発言に私は目を見開く。

「いいの？」

「本当は清潔にしておくのが一番だけど、ニキビがあると気になって、学校行きづらいでしょ」

「……うん」

「もちろんマスクをして行っていいけど、それでもご飯を食べるときとか、どうしてもマスクを外さないといけないときがあるだろうし」

お母さんに内緒で自分のコンシーラーで隠して学校に行くしかないと思っていた。家に帰ったらバレないように洗顔をしなくちゃと思っていたので、許してもらえるのは心が少し楽になる。

「今、試してみよっか」

お母さんは手の甲にリキッドのファンデーションをワンプッシュ出すと、私の肌にのせていく。そしてスポンジで、優しくとんとんとしながら馴染《なじ》ませた。

メイクを誰かにしてもらうのは初めてで、ドキドキする。

「鏡で見てみて」

渡されたコンパクトのミラーで頬を見る。

「……すごい」

ニキビは綺麗に隠れていた。それに自分でコンシーラーをしていたときよりもわかりづらい。

治るまでの間、お母さんのファンデーションを借りることになり、月曜日からは学校へ行く約束をした。これなら昼食のときニキビを気にせずに過ごせそうだ。


翌週の月曜日。私は普段よりも早起きした。洗面所でお母さんに教わったとおりにニキビを隠すためのファンデーションを塗っていく。

鏡越しの自分の顔を見て、綺麗に隠れたことに安堵《あんど》する。けれど、バランスの悪い奇妙な顔を見ていることが苦痛で目を逸らす。家を出る前に、左目の二重幅をいじらないと。このことはお母さんには言えない。

コンシーラーで吹き出物を隠していいと言ってもらえたけれど、二重幅をいじっていることはよく思われないはず。これだけは隠し通したい。

朝食を済ませたあと、マスクをすると鏡にうつる自分の顔は加工がとれた元通りの姿に見える。それから二重幅を専用の糊で調整した。

それでも自分の顔に対して不安が残り、なかなか鏡の前から離れられない。

けれど、このままだと電車に乗り遅れてしまう。

自分の部屋まで戻ると、引き出しから小さな丸い手鏡を取り出す。それをお守りのようにしてスカートのポケットの中に入れた。

いつでも鏡を見ることができると思えば、気持ちが少しだけ落ち着いた。


四日ぶりの学校は少し緊張する。だけど待っていてくれている奈柚もいるし、久米くんが送ってくれた授業の内容を、自分のノートに書き写さなくちゃ。

駅のホームまで着くと、そわそわとしてきた。周りの視線が気になる。私の顔を見ている気がして、俯きながら髪で目元を隠した。

マスクをしていても私の顔は変に見えるのだろうか。悪い方にばかり考えて落ち着かない。スカートのポケットからそっと手鏡を取り出して、自分の顔を見る。

二重糊も取れていないし、マスクで目元以外はちゃんと隠れていた。

……大丈夫。変なとこなんてない。気にしすぎているだけだ。

けれど、学校に着くと、さらに周りの目が気になってしまった。

すれ違う生徒たちに、私の顔はどう見えているんだろう。

そして、彼らの顔も気になってチラチラと見る。同じ制服を着ていても、顔立ちやスタイルで印象が違う。

「高坂、おはよ」

階段を上っていると、声をかけられて振り返った。窓から差し込んだ陽の光によって、黒髪の輪郭がほんのりと青く見える。

「おはよう！」

明るい声で返すと、久米くんは眉を寄せて「体調は？」と聞いてきた。

あれ。私今、テンション上げて話しすぎたかな。もう少し落ち着いて挨拶《あいさつ》した方がよかった？

「大丈夫だよ。ノート、ありがとね」

久米くんに私の顔、どう見えてるんだろう。左の二重幅、取れかけてないよね。考え出すと止まらなくなっていく。

マスクをしているし、私の醜い顔は晒《さら》していない。だけど思春期の風邪だと勘づかれたらどうしよう。

「お大事にな」

久米くんはそう言って、私を追い抜かしていった。

そっと頬に手を伸ばす。マスクは取れてない。隠れているんだから、こんなに緊張する必要なんてないのに。

心療内科の先生が、自分の姿を他者に見られることに恐怖心を抱く症状がでると言っていた。だからこれは全部思春期の風邪が原因だ。

大丈夫。大丈夫だから。思春期の風邪さえ治れば、周りの目が気にならなくなるはず。階段を上りながら自分に何度も言い聞かせた。


教室に入るまでは不安だったけれど、いざ授業が始まってしまえば、思っていたよりもいつもどおりの日常だった。

休み時間は奈柚が席まできてくれて、私が休んでいた時の話をしてくれる。

「それでね、急遽薔薇祭《ばらさい》のことで放課後居残りさせられて、バイト遅刻したの。ありえなくない？　事前に言ってほしいんだけど」

奈柚がげんなりとした様子でため息を吐く。

私たちの高校は十年ほど前に、女子校から共学に変わった。その名残で女子校時代の行事が一部受け継がれている。

その中の一つが、薔薇祭。名前の由来は、女子校だった頃に校章に使われていたのが薔薇のモチーフだったからだそうだ。そして、当時は部活の発表会のような行事だったらしく、今ではそれが文化祭のような扱いになっている。

一般的な文化祭と違っているのは、出し物はクラスごとではなく部活ごとに屋台などを出すことと、外部の人たちは招待できないということ。帰宅部の人たちは先生によって担当が決められる。

「けど、私たちってもうすることないよね？　なんで居残りになったの？」

私たちのクラスの帰宅部は、昇降口あたりの装飾と看板だった。けれど、それも毎年作っているものがあるため、ちょっとした修復くらいで済んだので夏休み前に作業が終わっていた。

「実はさ、ミスコンを廃止するか継続するかで、まだ揉《も》めてるらしくって。それでみんなの意見がほしいとか言ってて……てか、もう来月なのにまだ迷ってるの？　って感じ」

女子校だった頃から、ミスコンがあり、それを引き継いで共学になってからもミスコンだけが行われていた。けれど、ミスターコンもするべきだという声と、そもそも順位をつけるような行為はよくないという声が上がり、去年あたりから揉めているそうだ。

「それで、どうなったの？」

「んー……結局今年はやるみたい。だから、私も壇上にあがることは決定っぽい」

うちのクラスからは奈柚の出場が決まっている。

奈柚は一年でミスコン優勝するのではないかと言われているほどだ。でも奈柚自身はあまり乗り気ではなさそうだった。

「順位つけるのを反対って声もわかるんだよね。別に好みなんて人それぞれじゃん」

奈柚のこういう考えが好きだなと思うのと同時に、羨《うらや》ましい。

自分を持っていて、大衆に好かれるよりも、好きな人に好かれていたいという考えを私も持ちたいけれど、どうしても大衆の目の方を気にしてしまう。

「てかさ、体育でも色々あったんだけど、聞いて！」

私が休んでいた木曜日と金曜日に起こったことを、奈柚は息つく暇もなく喋る。授業やバイト、クラスの男子たちの言動など色々とストレスが溜まっていたらしい。

「更衣室が三年使ってて場所空いてないし、うちら着替えるのが遅くなっちゃってさ、そしたら来るのが遅いとか言われて、全員校庭三周させられたんだけど！」

「えー！　それ酷《ひど》くない？　更衣室なかなか使えなかったからなんでしょ？」

「そう！　事情話しても、隅で着替えられるでしょとか言ってくるし！」

私も奈柚と四日ぶりに喋れるのが楽しくて、ちょっとした愚痴の話でも盛り上がる。

「はぁ……海実がいないと休み時間とか暇すぎて、長く感じた」

必要としてくれているように感じて頬が緩む。

けれど、ふと自分の顔が気になった。二重の糊が変になっていないか、マスクをしている姿はどう見えているのか。鏡で確認したい。でも今、奈柚の前で手鏡を取り出して顔を見始めたら引かれてしまいそうだ。

「私、ちょっとトイレに行ってくるね」

トイレの鏡で自分の顔を確認しよう。それなら手鏡で顔を見るよりも自然なはず。

「私も行く～！」

表情が強張《こわば》る。奈柚も一緒にトイレに行ったら、私が顔を鏡で確認しているのを見られてしまう。変なのとか思われたりするかな。さりげなく見れば大丈夫？

「海実？」

「……ごめん、ぼーっとしてた！　行こ～！」

「やっぱ具合まだ悪いよね。無理しないでね？」

「うん。大丈夫だよ！　ありがと～！」

断ることなんてできない。ひとりで行きたいなんて言ったら、なんで？　と聞かれるだろうし、拒否をしたら奈柚が傷つくかもしれない。

奈柚と一緒にトイレへ行って、鏡を確認する。

「あれ？　鏡見たかったの？」

「あ、うん！　まだ本調子じゃないから、顔色悪くないかなぁとか。目とか浮腫《むく》んでないかとか気になっちゃって」

軽い口調で笑いながら話すと、奈柚は目を丸くする。

「そうなんだ？　でも別に大丈夫だと思うよ」

「マスクしてるから、顔色ほとんど見えないね！　気にしすぎてたかも！」

自意識過剰って思われたかな。恥ずかしい。

私のことなんて誰も気にしていないってわかってる。だけど、どうしても不意に見られているんじゃないかって怖くなる。

そんなことを話しても、奈柚には理解してもらえないかもしれない。

「ちょっと待って」

奈柚が私に手を伸ばす。驚いて硬直していると、前髪が奈柚の指先によって整えられていく。

「うん。かわいい。海実は前髪、横に流すのが似合ってるよね！」

鏡に視線を向けると、私の前髪が左に流れている。

奈柚はかわいいと言ってくれたけれど、伸ばしっぱなしな眉毛にたいして大きくない目が際立つ気がして、鏡から目を背けた。


トイレから教室に戻ると、ドアのあたりに翼ちゃんが立っていた。「いた！」と声を上げて、私たちの下へ寄ってくる。

「奈柚～、英語の教科書貸してー！」

「え、家持って帰ったの？」

翼ちゃんが自習をするのは意外だと言うように、奈柚が口をぽかんと開ける。翼ちゃんは「違う違う」と言いながら、眉を寄せた。

「他のクラスの子に先週貸したら家に持って帰っちゃったとか言われたのー。マジ最悪」

「えー、そうなんだ。災難じゃん。私も五限目に使うから、それまでに返して」

「おっけ」

奈柚が机の中の教科書やノートを引っ張りだそうとするものの、ぎゅうぎゅうでなかなか出てこない。

「え、奈柚詰めすぎでしょ！」

「だって、ロッカーまで入れに行くの面倒だしさ〜」

「いや、すぐ後ろじゃん！」

私たちの学校は、教室の後ろの方に一人ひとりの小さなロッカーがあり、そこに教科書などを入れておくことになっている。

ロッカーとの距離が近いとはいえ、机に入れたままの生徒も結構多い。

奈柚が机の中から英語の教科書をなんとか引っ張り出すと、翼ちゃんが横目で私を見た。

「海実ちゃん、風邪引いたの？」

「木曜に言ったじゃん！　海実、風邪引いて休んでるって」

奈柚の発言に「そうだっけ？」と愛想笑いをしている彼女を見て、私のことなんて興味ないんだなと実感する。

欠席した前日もマスクをしていて、翼ちゃんにも会っていたけれど、それも彼女の記憶からは消えてしまっているみたいだった。

注目されることは苦手なくせに、無関心も寂しい。そんな感情を悟られないように、私はへらりと笑う。

「ちょっと悪化しちゃったんだよね～、でももうほとんど治ってるよ」

「よかったね」

棘《とげ》はないけれど、適当さを感じる。けれど笑みを崩さないようにしながら、私は頷いた。

「海実ちゃんってさ、すっぴん？」

どきりとして、翼ちゃんを見上げる。どういう意図で聞いているんだろう。じっと左目を見られている気がする。

二重幅の糊に気づかれた？　それともメイクをしていてこの顔なのかという意味？　私、今どんな顔をしている？

先ほど鏡を見たばかりなのに、気になってしまう。

「海実はメイクとか全然しないんだよね～！　てか、そろそろ予鈴鳴るよ」

私が返答に困っていると、奈柚が間に入ってくれた。

「本当だ。戻らないと。じゃ、奈柚教科書ありがとね！」

翼ちゃんが去っていき、質問に答えずに済んだ。よかったと思いつつ、モヤモヤとした感情が残る。二重幅をいじっている私はすっぴんとは言い難い。

「海実？　ぼーっとしてるけど大丈夫？」

できるだけ奈柚に心配をかけないように、私は目を細めて笑みを作って頷いた。

「大丈夫だよ。私も席戻るね！」

思春期の風邪を早く治したい。けれど、自分の顔に対するコンプレックスはなかなか消えそうになかった。


その日の帰りのホームルームは、先生がくるのが遅くなって、長引いていた。

「先帰るね！　また明日～！」

バイトの時間がギリギリらしい奈柚は急いで教室を出て行く。奈柚はバイト先が学校から四十分くらい離れた場所にあるらしく、大変そうだ。

『海実はなにかやりたいことはないの？』

心療内科に行ったあとお母さんに聞かれたことを思い出す。

私もバイトがしたい。だけどお母さんにダメだと一度言われたことがあるし、またきっと反対される。

暗い気持ちになりかけて、意識を切り替えるように私は廊下を歩いていく。

昇降口へ向かう生徒たちが楽しげに談笑している。斜め前を歩いている女子生徒と目が合って、息をのむ。すぐに視線は逸らされたけれど、不安が押し寄せてきた。

自分の顔が気になって、左の瞼《まぶた》に指先で触れる。糊はとれていない。鏡を見たい衝動に駆られて、私は昇降口へ向かうのをやめて、ある場所へ向かった。

今は使われていないという演劇部の部室だった場所。

ドアを開くと、埃《ほこり》っぽい匂いに混ざって、柔らかな緑の匂いがした。

何故か窓が少しだけ開いていて、そこから生暖かい風が室内に入ってきている。日に焼けて薄茶色になったカーテンが波打つように揺れて、それを眺めているだけで不思議と心が穏やかになった。

なんとなく、窓を開けたのは久米くんのような気がした。

けれど、どこにも彼の姿はない。

私は姿見の前まで行くと、布を取る。ため息が漏れそうになるほど、特徴のないマスク姿の女子生徒がうつる。

お昼も奈柚には、風邪が移ると悪いからと言って、マスクを完全には外さずに手で少しずらしながらお弁当を食べた。ニキビを隠してもマスクが手放せない。こんな日々をずっと続けられない。いずれは奈柚にも変だと思われるはず。

「……コンプレックスなんて、消えないよ」

周りに合わせて短く折ったスカートに、細くも太くもない脚。いくら真似てみても骨格から奈柚や翼ちゃんたちとは違っている。

マスク美人なんて言葉があるけれど、私はマスクをしていても平凡だ。

耳にかけた紐《ひも》を外すと、顔が露《あら》わになる。

すると自分の顔のパーツの大きさが、異常なほど加工した姿にうつった。これは私にだけ見えているもので幻覚だ。そう言い聞かせても、鏡にうつる私の姿は変わらない。

「よっ」

振り返ると、いつのまにか久米くんがいた。ぼんやりしていたから、ドアが開いた音に気づかなかったみたいだ。

「この場所、気に入ったんだ？」

我に返り、私は慌てて俯いて顔を隠す。そして久米くんに背中を向けてから、マスクをつけた。

これくらいのことで、心臓がバクバクしていて息が上がる。

久米くんからはいつもどおりの私の顔が見えているはずなのに、マスクを外した姿を見られることに抵抗があった。

「うん、教えてくれてありがとね！」

極力明るい声で返すと、朝のときのように久米くんが眉を寄せる。

「なんかさ、無理してない？」

「え？」

「不自然っていうかさ」

彼の言葉に手に汗を握りながら、必死に頭に浮かんだ言葉をかき集める。

「え……あ、そう、かな。そんなつもりじゃなかったんだけど、でも久米くんのこと不快にしちゃってたら、ごめんね！　嫌な気持ちにさせたかったわけじゃなくて」

「高坂」

「癖なのかな！　でも、本当無理してるとかじゃないの！」

私、今上手く喋れてる？　嫌だ。怖い。不自然ってどんな感じ？

話し方がおかしいのか、空気が読めていないとか？　それとも笑った目？

焦れば焦るほど、思考がぐちゃぐちゃになって呼吸が浅くなり、息苦しい。

「落ち着け」

微かに震えている私の肩に久米くんの手が触れる。

「責めてるわけじゃなくて、心配になって聞いただけ」

「あ……え、と……っ」

声が掠《かす》れてしまう。久米くんの発言を悪い方に受け取って、混乱して変なことを口走ってしまった。

「私……変だよね」

これも全部思春期の風邪のせいだろうか。

力なくその場に座り込む。鏡にうつった私は虚《うつろ》な目をしていた。

「変とか思ってないから」

「変だよ。自分でもわかってる」

「この間も言ったけどさ、他人になら話しやすいこともあるじゃん。だから高坂が話したいことあれば、俺は聞くから」

久米くんは私の隣に座ると、眉を下げて顔を覗き込んでくる。見られることから逃れたくて、私は俯いた。

「……久米くんから見て、私ってどんな感じで不自然だった？」

他人から見た私が、どれほど醜いのか。知るのは怖いのに、聞きたくなる。

「んー、笑いたくないのに笑って、声も無理に明るくしてるように見えた」

「そっか……そうなんだね」

久米くんにそう見えていたってことは、奈柚や翼ちゃんたちにもバレているのだろうか。周りに置いていかれないようにノリを合わせているだけで、本当の私は明るくなんてない。

「変だって言いたいわけじゃなくて、無理してんのかなって思って気になったんだ。無関係な俺が口出すことじゃないかもしれないけど」

気を遣わせたくなくて「大丈夫だよ」と笑いかけようとしたけれど、これも見抜かれてしまいそうで、私はなにも言えなかった。

「悪い。俺の言い方が悪かったせいで」

首を横に振る。久米くんのせいじゃない。

「私って、なにもないんだ」

こんなこと彼に話しても困らせるだけなのに。けれど、今は誰かに聞いてほしかった。

「むしろマイナスなものばかり持ってる。一生懸命マイナスを減らして、なんとかゼロくらいにはしたかったんだけど……」

「マイナスってなに」

「顔とか、スタイルとか……人から好かれる外見でもないから」

左目の二重幅を変えても、制服を周りの子みたく着崩しても、理想には一ミリも近づけない。目を大きくしたり、パーツの距離を近づけて小顔に見せる画像加工をして、ようやく私は自分の顔に少しだけ自信が持てる。

だけどそれも最近流行りが終わり始めていて、今は素っぴん風メイクとか、肌を綺麗に見せるフィルターで撮るのが増えている。

「それなら俺の方がマイナスじゃね？　クラスで友達いねぇけど」

「久米くんは、持ってるものたくさんあるよ」

「たとえば？」

「背も高いし、かっこいいから」

久米くんは噂によって周りがあまり近づかないけれど、顔はかっこいいとよく女子たちの間でも言われていた。くっきりとした二重で目は大きいし、鼻の筋も通っている。整った顔をしている彼は、私から見たらたくさんのものを持っている。

「他人のものは見えるのに、自分のものは見えねぇんだな」

「え？」

「鏡にうつるものが、すべてだと思ってんの？」

呆れられたのかと思ったけれど、久米くんは優しげな表情を浮かべていた。

「鏡にうつらない長所だってたくさんあるだろ」

「……けど、私にはなにもないよ」

「俺にとっては、あるけどな」

お世辞に決まっている。だって私たち同じクラスってだけで、こうして話すようになったのも最近だ。それなのに私の長所なんて見つけられるはずがない。

「クラスで俺に親切にしてくれたのは、高坂だけだったよ」

「でもあれは……大したことじゃないよ」

「高坂にとってはそうかもしれないけど。俺はクラスの連中に煙たがられてるから。よくない噂とか、前に女子と揉めたからだと思うけど」

「盗撮のこと、だよね？」

久米くんが頷く。

人気アイドルと久米くんが似ているからって盗撮をした女子が悪い。けれど、ある噂が原因で被害者のはずの久米くんを非難する人が多かった。

「先輩たちと、その……女の子のこと呼び出して、大勢で囲んでお金を要求したって本当？」

「そんなことしてない。盗撮されたことに気づいて、呼び止めたんだ」

「そうだったの？」

「で、女子が逆ギレしてきて、先輩たちが心配して止めに入ってくれたんだ。それが周りには俺らがひとりを囲んで責めたみたいに見えたんだと思う」

噂は事実じゃなかった。それなのにまるで嘘が真実のように広まってしまっている。

「どうしたら誤解って解けるんだろう。久米くんの噂って独り歩きしてるよね」

「あー……まあ、そうだな。けど、噂って悪いものの方が広まりやすいからな」

仕方のないことだと諦《あきら》め切った様子で久米くんが口角を上げる。

「否定すればするほど、逆効果だろ。俺の言葉なんて誰も信じない」

「っ、私は……信じるよ」

私の言葉なんて、久米くんにとってはちっぽけなことなのかもしれない。それでも知ってほしい。この学校で、久米くんのことを信じる人がいることを。

「それに真実が広まって、クラスの人たちが久米くんの人柄を知ったら、悪い噂なんてあっというまに消えるんじゃないかな！」

本来の久米くんは他人を惹《ひ》きつけるように見える。悪いイメージさえ払拭《ふっしょく》できたら、彼の立ち位置はがらりと変わりそうだ。

そんなことを考えていると、久米くんと目が合う。

「俺さ、高坂のことまだそこまで知らないけど、でも好きだなって思う」

「え？」

突然の発言に、目をまんまるく見開く。心臓がボールのように弾む感覚がして、鼓動が加速する。

「クラスで仲よくしたいって思ったやつ、高坂が初めてだ」

「あ……えっと、ありがとう」

告白なんかじゃないとわかってはいたけれど、ほんの少しだけ勘違いしかけてしまって恥ずかしい。久米くんが私のことなんて、意識しているはずないのに。

「俺の方こそ、疑わずに信じてくれてありがとな」

「だって、久米くんが嘘ついているように思えないから」

「けどさ、都合いいこと言ってんじゃねーかとか思うやつだっているだろ。それに真剣に誤解を解く方法考えようとしてくれてるし」

　誤解だと知っていて、そのままにするのは歯痒《はがゆ》いだけなのに。久米くんは私に好意的な笑みを向けてくれる。それがくすぐったかった。

「五月頃にさ、クラスの連中が俺のこと悪く言ってるのが聞こえたときがあったんだ」

「え……」

「廊下まで聞こえるくらいデカい声で、久米がいると体育祭やりづらいって言ってたから、俺がいない方がいいだろうし、体育祭サボろうかと思ってたんだ」

　そのときのことは、覚えている。体育祭が近くなってどのクラスも一致団結している雰囲気だったけれど、一部のクラスメイトが久米くんがいるとやりづらいと言っていた。

「そのときさ、ひとりだけ〝久米くんは走るのすごく速いよ〟って言ってくれた人がいたんだ」

　久米くんと視線が重なって、私はマスクの下で口をぽかんと開ける。

　教室でひとりが久米くんのことを悪く言うと、周りの人たちも便乗するように文句を言い出した。その空気が嫌で、早く別の話題に切り替わらないかなと思っていた。

　そんなとき、ひとりのクラスメイトが『久米ってリレー参加すんのかな』と言うと、女子数名がサボってほしいとか本気で走る姿が想像つかないと笑いだす。

　私は四月に体育で見た姿を思い出して、呟《つぶや》くように口にした。

『でも、久米くんは走るのすごく速いよ。だから、久米くんが参加してくれた方がいいんじゃないかな』

なるべく場の空気を悪くしないようにへらりと笑う。すると彼女たちは声を弾ませながら食いついた。

『え、そうなの？』

『運動神経いいんだ！』

『てか、走る順番とかそろそろ決めないとだよね～！』

面と向かって注意はできなかったけれど、悪口を言う空気が消えて安堵した。そのときのことを久米くんは聞いていたんだ。

「高坂の言葉を聞いて、体育祭サボらずに参加しようって思ったんだ。だから、俺らのクラスがリレーで一位だったのは、高坂のおかげだな」

久米くんが冗談混じりに言いながら笑うと、私も釣られて笑う。

クラス対抗リレーでは、久米くんが大活躍だった。クラスで一番速いんじゃないかってくらい速くて、三位だったのに一気に一位になったのだ。

私の些細《ささい》な言葉によって、久米くんが体育祭に参加するのを諦めずに済んでよかった。

それから私たちは三十分ほどたわいのない話をして、放課後の時間を一緒に過ごした。

三章　噂話

思春期の風邪は、なかなか治らなかった。

「本日のテーマは、最近ＳＮＳで話題になっている思春期の風邪です」

朝食のパンを食べていると、テレビから聞こえてきた言葉に意識が引っ張られる。

「一般的な風邪とは違うんですよね？」

「そうですね。強いコンプレックスを抱いたことによってかかってしまう、精神的な風邪のことを言います」

どうやら数日前にインフルエンサーの投稿がきっかけで話題になったらしい。

ここ数日ストレスをなるべく減らすために、ＳＮＳをいじる時間を減らしていたから知らなかった。

「具体的な症状としては、自分の顔が醜く感じる幻覚が見えてしまい、マスクで顔の一部を隠すと症状が和らぐそうです。みなさん、ご存じでしたか？」

アナウンサーが質問をすると、コメンテーターの年配の男性にカメラが向けられる。

「僕の子どもの頃は、聞いたことなかったですね」

男性は難しい顔をしながら、腕を組む。

「当時そういう症状の人が少なかったんだと思うんですよ。今はＳＮＳの普及によって、増えているんじゃないですか」

ひとりの意見を皮切りに、横に並んでいるコメンテーターたちが一気に話し始める。

「私もそう思います。思春期の風邪の多くは、容姿に対するコンプレックスがきっかけなんですよね」

「若い子たちって自撮り写真や動画を載せるじゃないですか。ほら、目を何倍も大きくしたアニメみたいな加工したものとか」

「あれって、加工した写真を見返したとき誰かわからなくならないんですかね」

「それ少し前に話題になってましたよね。大人になったとき、加工した姿しか残っていなかったって話。でも最近はすっぴん風の加工が流行ってるんですよ」

「時代の流れによって、理想像が変化して、顔への執着のようなものが生まれている気がしますよね」

思春期の風邪の話から逸《そ》れて、画像の加工のことで盛り上がっていくのを見て、私はテレビからパンに視線を戻す。

加工をして実物とは違う顔になって、心を満たす。それは、大人たちにとって馬鹿馬鹿しいことなのだろう。

振り返ったときに加工しか残らないという議論についても理解はできる。けれど、未加工な顔を写真に残しておくことだって抵抗があるのだ。

「海実、やっぱりカウンセリングに通ってみる？」

ソファでテレビを見ていたお母さんが、私の顔色をうかがうように声をかけてくる。

「カウンセリングに通っている子も多いみたいよ。早く普通に戻れた方がいいでしょ？」

「……カウンセリングは」

食べかけのパンを持ったまま答えられないでいると、お母さんは慌てて「無理にじゃないのよ」と付け足す。

「ゆっくり考えて見て。自然に治ることだってあるから」

「そうだね。自然と治るといいな」

なるべく明るい声で返してから、パンを頬張る。バターが塗られたパンは冷めはじめていて少しだけ硬い。お茶を飲んで柔らかくしてから飲み込むけれど、塊が喉《のど》に引っかかるような感覚がする。

……普通に戻れた方がいい。

お母さんは私のことを普通じゃないと思っているのだろうか。

ショックな気持ちと、納得してしまう気持ちもある。学校でも家でも鏡が気になるし、自分の顔に関してマイナスな思考に傾いてしまっていた。

学校へ行くと、いつもより少し騒がしかった。

奈柚が登校するまでの間、自分の席に座って周りの噂話に耳を傾ける。どうやら一組の生徒たちが揉《も》めているらしい。

「海実、おはよ」

「おはよ～！」

予鈴が鳴る数分前に登校してきた奈柚は、空いていた私の目の前の席に座ると、手招きをしてきた。

内緒話をしたいのだとわかり、私は頭を奈柚の方へ傾ける。

「一組の話聞いた？」

「みんなが話しているのが少し聞こえたくらいで、詳しくはわからないや」

「翼がクラスの人たちと揉めてるんだって」

奈柚の話によると、先週あたりから一組では揉めごとが起こっていたらしい。翼ちゃんと話していたときは、そういう様子は見られなかったから意外だった。

「同じクラスの数人が、翼をいじったのがきっかけだったんだって。涙袋描きすぎって笑いながら指摘したり、眉毛《まゆげ》が細すぎて変だとか」

いじりの内容に、私は顔を顰《しか》めた。どうして他人の顔を笑いのネタにするんだろう。

「最初は翼も流していたらしいんだけどね。クラスに同じ中学出身の人がいたみたいで、卒業アルバムをわざわざ持ってきたんだって」

「卒業アルバムって……なんのために？」

「今とどれだけ違うかとか、いじりのつもりだったみたい。けど、翼がアルバム持ってきた女子に昨日キレたらしくて、クラスの空気が最悪っぽい」

自分のことではないのに胃がキリキリして、気分が悪くなってきた。もしも私がそんなことをされたらと考えるだけで、血の気が引いていく。

「翼、マスク登校してるっぽくて。それも陰でコソコソ言う人がいるらしいよ」

マスクという言葉に、私はどきりとした。

ただ顔を隠したいだけかもしれないけれど、思春期の風邪を連想してしまう。もしも翼ちゃんも私と同じだったらと考えたけれど、彼女は目がぱっちりとしていてかわいい子だし、話していて自分に自信を持っているなと感じていた。

容姿のことを指摘されて傷ついたとはいえ、強いコンプレックスを抱いているとは思えない。

「翼、相当気にしているみたいなんだよね」

「……心配だね」

容姿をいじる人たちの中には、嫉妬《しっと》も含まれているのかもしれないけれど、そうじゃない人たちもいる。

相手の気持ちを考えずに、ただ話のネタにして容姿をいじり、その場のノリという無責任なもので笑い者にすることだってあるのだ。

急に自分の顔が気になって、不安が押し寄せてくる。

今私の顔は大丈夫だろうか。左目の二重幅が普段よりも変だったらどうしよう。また男子にからかわれるかも。スカートのポケット越しに手鏡を握りしめる。

早く自分の顔を確認したい。だけど教室で見たら、周りに目撃されるかもしれない。

「私、トイレ行ってくるね！」

それだけ言って私は教室を出て、急いでトイレに向かった。

鏡で顔を確認しなくちゃ。早く……早く！

女子トイレに駆け込んで、個室に入る。

手鏡を覗《のぞ》くと、マスクをしている自分の顔がうつった。左目の二重糊はとれていない。そのことにほっとしたけれど、マスクの下の顔が気になる。

もしかしたら思春期の風邪が治っていないか。そんな淡い期待を抱きながら、マスクの紐《ひも》を外す。

「……っ」

鏡を覗くと先ほどと違って、目の大きさが極端に大きくて不気味に見える。鼻も口も記憶の中の自分の形とは違う。

でもこれは私にだけ見えている幻覚だ。大丈夫。他の人には普通に見えている。……そのはずなのに、不安で仕方ない。

ここ最近、休み時間になると鏡を見にくる頻度が増えてしまった。

自分の顔を見るのは苦痛なのに、確認せずにはいられない。

マスクをつけて、手鏡をスカートのポケットにしまったあと、個室を出る。ドアが開く音がして、慌てて振り返った。

奈柚は私を見つけると、「いた、海実〜！」と大きな声を出す。

「私も行くって言ったのに、急いで行っちゃうんだもん」

「ごめんごめん！」

水道で手を洗いながら、ちらりと鏡を見る。マスクをしていると目の大きさは普段と変わらない。マスクは安心を与えてくれるけれど、いつまでつけながら生活をしないといけないのだろう。

「海実？」

私がぼんやりと鏡を見ていたせいか、奈柚が不思議そうに首を傾げる。誤魔化すようにへらへらと笑いながら、指先で前髪に触れた。

「朝、前髪に寝癖ついてたから、大丈夫か気になっちゃって〜！」

「え、寝癖なんて全然わかんないよ！」

鏡を気にしていて、変だと思われていないかなとそわそわするけれど、奈柚の様子はいつもと変わらない。

「海実の髪、サラサラで羨《うらや》ましいなぁ。私、毛先傷んじゃってさ。近いうち美容院行かなくちゃ」

鏡から目を逸らして、私は明るい声で返す。

「奈柚の髪だって綺麗《きれい》だよー！　私も染めたいな〜」

ふたりでそんな会話をしながら女子トイレを出る。先ほど鏡で顔を確認したばかりなのに、廊下を歩いていると、また顔を確認したくなってきた。

『顔のことを考える時間が減ると、精神的な負荷が消えていったという人も多いです』

心療内科の先生の言葉を思い出して、できるだけ顔のことを考えないように、私は奈柚と会話をしながらいつもより大袈裟《おおげさ》なリアクションをとる。

なにか夢中になれることを探さなくちゃ。


事件が起こったのは、昼休みだった。

やけに廊下が騒がしくて、ちょうどお昼ご飯を食べ終わった私と奈柚は、気になって見にいくことにした。

女子トイレの前あたりに人だかりができていた。トイレのドアは開いていて、中には数人の女子たちが言い合いをしている。

「だから、そっちが先にしてきたんじゃん！」

「そもそもアルバム持ってくるとか最低じゃない？」

彼女たちの足元には物が散乱していて、鏡にはヒビが入っている。

「え……翼？」

奈柚の視線の先を辿《たど》ると、トイレの中にいる子の後ろ姿が翼ちゃんに似ている。

「なにがあったの？」

奈柚は近くにいた女子に声をかけた。どうやら翼ちゃんと同じクラスの子らしく、小声で一部始終を説明してくれた。

翼ちゃんと同じ中学出身で卒業アルバムをわざわざ持ってきて容姿いじりをしていた子がいるグループと、翼ちゃんのグループが今トイレで揉めているらしい。

「私がさっき見たのは、怒った翼が化粧ポーチ鏡に投げつけて……そのあと翼が摑《つか》みかかって、グループ同士で言い合い始めちゃったんだよね」

ポーチのチャックが開いていたのか、アイシャドウなどの蓋《ふた》が割れて、中身が出てしまっている。

「ほら、どいて！　関係ない人は教室に戻りなさい！」

先生たちが三人ほどやってきて、トイレの近くにいた生徒たちは教室へ戻るように促される。私と奈柚も、ここに留《とど》まることはできず、一旦《いったん》戻ることになった。

教室に入ると、既に女子トイレの事件のことで話は持ちきりだった。

「大沢《おおさわ》が女子トイレの鏡割ったってマジ?」

「てか、さっき一組のやつから聞いたけど、思春期の風邪らしいよ」

男子たちの会話に私は、息をのむ。

今、思春期の風邪って言った?

ひとりの男子が「思春期の風邪ってなんだっけ?」と奈柚に話題を振る。

「え、私もよく知らないけど……中高生の頃になるやつだっけ？　最近ネットで話題になってたよね」

奈柚が突然話題を振られて戸惑っていると、近くにいた女子が話に入ってきた。

「中学の頃に、それにかかった子がいたんだけどさ、自分の顔が醜く感じて、鏡見るのが嫌なのに見たくなっちゃうんだって!」

「うえー……怖すぎだろ」

「私の中学でも、みんなに自分の顔の悪口言われているって思い込んで、揉めごと起こしてた子いた」

「なにそれ、被害妄想じゃない?」

彼らが思春期の風邪の話題で盛り上がる中、私は冷や汗が止まらなかった。

自分の容姿について気にしすぎている自覚はあった。

けれど、いざみんなの反応を見ると、思春期の風邪に対する印象がこんなにもよくないものなのかと居心地が悪くなる。

「でもマスクしてると症状が落ち着くらしいよ」

「へ～、だから大沢さん、マスクしてたんだ」

「でも暴れてたし、効果なくね？」

早く昼休みの終わりを告げるチャイムが鳴ってほしい。祈るようにじっと耐えていると、ひとりの男子が横目で私を見た。

「つーかさ、高坂も思春期の風邪だったりして」

一瞬、息が止まった。けれどここで動揺すれば、肯定するようなものだ。必死に平静を装いながら、焦りを悟られないように必死に目元で笑みを作る。

「ただの風邪だよ～」

声が微《かす》かに震えてしまった気がする。お願い。お願いだから、誰にも気づかれたくない。

「だって、最近ずっとマスクしてるし。大沢もマスクしてたじゃん」

彼の声が聞こえたのか、周囲の人たちがチラチラと私を見てくる。

「高坂さんも思春期の風邪だって」

「えー……意外とかかる人いるんだね」

小声で私のことを話しているのが聞こえてきて、中には翼ちゃんみたいに鏡を割るんじゃないかとかふざけた口調で言っている人もいた。

「そういうのやめなって」

奈柚が止めに入ってくれても、男子たちは「だってずっとマスクしてんの変じゃん」と言って笑う。本気で彼らは私を思春期の風邪だと思っているというよりも、ただからかって遊んでいるように見える。

けれど、学校で一度噂が立ってしまえば、広まるのなんてあっという間だ。

クラスメイトたちの関心は私に集まっている。

「私……」

本当のことなんて話したくない。違うって大きな声で言えばいい？　だけど、それは嘘をつくということだ。

首を透明ななにかで絞められているような苦しさを感じる。

息が、うまくできない。

「その話、なにがおもしろいわけ」

教室に響いた声によって、ざわめきが消える。クラスメイトたちの視線は私から、ほんのりと青みを帯びた黒髪の彼に向けられた。

「マスクしてたら全員思春期の風邪なのかよ」

軽い口調で言っているものの、目が笑っていない。久米くんが苛立《いらだ》っているのは伝わっているようで、教室が凍りつく。

「しかも、思春期の風邪だろうと他人に関係なくね？」

誰も彼に言い返すことができない。

瞬きをすると、目頭に溜《た》まった涙がマスクの中にこぼれ落ちる。

私にコンプレックスなんてなければ、思春期の風邪にはならなかった。

今だって笑顔でかわすことができていれば、久米くんにフォローさせることもなかったのに。

こんなときなにも言えなくなる自分が嫌でたまらなくなる。

今すぐ逃げ出して消えてしまいたい衝動に駆られるのに、動けない。再び視線が私に向くことが怖かった。

「席つけ〜！」

先生が教室に入ってきて、強制的に空気が切り替わる。

奈柚は心配そうに軽く私の肩に触れてから、自分の席に戻っていく。

私は感情を押し殺して、何事もなかったように席についた。けれど、マスクの下は先ほど流した涙で濡《ぬ》れていた。

五限目が終わり、休み時間になると私はすぐに女子トイレへ向かった。先ほどの事件が嘘のように、トイレの近くには誰もいない。

中に入ると、左側の鏡にヒビが入っている。それはまるで翼ちゃんの悲痛な叫びのように思えた。

私から見たら翼ちゃんはかわいくてお洒落《しゃれ》で、自分に自信がある子に見えていた。けれど、彼女もコンプレックスによって思春期の風邪になって悩んでいた。

『他人のものは見えるのに、自分のものは見えねぇんだな』

久米くんの言っていたとおり、翼ちゃんもそうだったのかもしれない。だけど、自分の持っているものを見るって、すごく難しいことのように思える。

ヒビ割れた鏡にうつる私は、歪《ゆが》んで見えた。

誰かの声がして、私は急いで個室に入る。

「うわ〜、マジでヒビ入ってんじゃん」

「鏡割るって、やばいね」

「けど思春期の風邪って、過剰に容姿のことに反応しちゃうんだってさ」

この声、同じクラスの子たちだ。おそらく先ほど話題になっていた鏡を見にきたらしい。

「でもさぁ、大沢さんの涙袋のメイク、ちょっとやり過ぎって思ってたんだよね」

「わかる。涙袋描きすぎて浮いてなかった？」

「かわいいけど、人工って感じがするよね〜。メイク濃い子ほど、自分の顔にコンプレックスありそうじゃない？」

翼ちゃんが望んでしているメイクなのに、好き勝手に笑い話にして、そういう心のない言葉が彼女を追い詰めたんじゃないだろうか。

「そういえば、高坂さんも思春期の風邪なんでしょ」

「あー、さっき言ってたよね」

私の名前が出てきて、どきりとする。

彼女たちの中では、私が思春期の風邪というのは確定のようだった。

「高坂さんの場合、一緒にいる子がコンプレックス刺激してるでしょ」

その言葉に笑いが起こる。奈柚と私を比べて話しているのだと、すぐにわかった。

「今年のミスコンで一位とるって言われてんもんねぇ」

「系統あんなに違うのによく仲よくしてるよね」

「けどさ、あの子も最初地味じゃなかった？」

「そうだったかも。今より存在感薄かったわ」

奈柚のことを馬鹿にしたように話していることも不快だったけれど、それと同時に私のことも地味だと笑っているように思えてくる。私が冴《さ》えないことなんて、自分が一番よくわかっているけれど、恥ずかしくて、惨めで悔しい。

「思春期の風邪ってさ、コンプレックスありますって公言してて恥ずかしくない？　私だったら、絶対隠したいんだけど」

「普通はそうでしょ。広まっちゃって可哀想だよね」

そんな会話をして彼女たちはトイレから出ていく。個室のドアに寄りかかって、私は天井を見上げて涙を必死に堪《こら》えた。


「海実」

帰りのホームルームが終わると、奈柚が声をかけてきた。

昼休みの件があってから、人を避けるようにしていたので心配かけているのかもしれない。

「さっきのこと、気にしない方がいいよ。ただふざけてるだけだろうしさ」

奈柚なりに私を励ましてくれているのだとわかっている。けれど、今はその言葉が余計に心を抉《えぐ》った。

「うん、大丈夫だよ〜」

目を細めて笑っているフリをする。本気で傷ついて気にしていると、知られたくなかった。

奈柚はホッとした表情を見せたあと、すぐに眉《まゆ》をつり上げる。

「ああいうノリ、ほんっと腹立つよね」

「だよね。反応に困るよ〜！」

笑いたくもないのに笑って、軽い口調で話して、私が話しているはずなのに、別の人が声を出しているような感覚になる。

一部の女子たちが喋《しゃべ》りながら私を見ていて、また思春期の風邪のことを話しているんじゃないかと思うと怖くなった。

「ごめん、奈柚。私、ちょっと用事があるから、先に行くね！」

「おっけ〜！　ばいばーい！」

教室から抜け出して、自然と涙が目に浮かぶ。息が苦しい。マスクをしているせいなのか。それとも精神的なもの？

急いで一階の下駄箱まで行くと、先ほど私のことを思春期の風邪じゃないかと言ってきた男子たちと鉢合わせてしまった。

「思春期の風邪って、自分の顔が変に見えるんだろ」

「ネットで、どんなふうに見えるのか解説してるやつ見たけど、エグかった。人によっては目の大きさとか異常なほど大きくなってるように見えるんだって」

「うえ、マジか」

ちょうど話題が思春期の風邪のことで、最悪のタイミングだった。私に気づくと、彼らは顔を見合わせた。そしてコソコソとなにかを話している。

すぐに靴を履き替えて、立ち去ろうとしたときだった。

「なあ。高坂はどんなふうに見えてんの？」

ひとりの男子が私を引き止める。

「なにそれ～！」

苦笑しながら答えると、「だって気になんじゃん」と笑って返してきた。

今まで笑ってノリに合わせてきた代償なのか、彼らは多少私に酷《ひど》いことしても怒らないと思っているようだった。

「私、風邪引いてるだけだって～」

「つまんね～」

手をきつく握りしめる。私は思春期の風邪のことで、毎日悩んでいるのに。

普段から誰かをからかって話のネタにするのが好きな人たちだし、子どもっぽいノリなことはわかっていた。だからいつも適当に合わせて流すのが一番だと思っていた。けれど、彼らの言動は私の心に日々小さな傷をつけている。

いつまでこのノリに耐えたらいいんだろう。

「絶対嘘だろ～！　風邪声じゃねぇじゃん」

「つーかさ、久米って高坂のこと好きなんじゃね」

突然話題が変わって、私は眉を寄せる。もしかしたらさっき私を久米くんが助けてくれたから、誤解をされてしまったのかもしれない。

「どうすんだよ、高坂」

にやにやとしながら、ひとりの男子が私の腕を小突いてくる。

「久米みたいなやべぇやつに好かれたら、大変そうだよな」

心臓に針のようなものが刺さり、じわりと熱いものが滲《にじ》む。

「女子脅して金巻き上げたりしてるらしいじゃん」

「てか、あいつって空気読めなくね？」

「あー、今日の白けたよな」

男子たちは、久米くんのことを悪く言いながら楽しげに笑っている。本人の前ではこんなこと言えないのに、裏で面白おかしく彼のことを話していることに苛立ちを覚えた。

「あいつが教室にいるだけで居心地悪いし」

居心地が悪いのは、彼らだけなのだろうか。勝手な噂を流されている久米くんだって、教室に居場所がなくて息苦しさを感じることだってあるはず。

『俺の言葉なんて誰も信じない』

『疑わずに信じてくれてありがとな』

寂しげな久米くんの姿を思い出して、胸が軋《きし》む音がした。

久米くんと話すようになって、彼のいいところをたくさん知れた。だからこそ、誤解されていることが歯痒《はがゆ》い。

「……違う」

微かに震える脚に力を入れて、私は男子たちに視線を向ける。彼らはきょとんとした顔で私を見てきた。

「なにが？」

「久米くんは……脅してお金巻き上げたりしてないよ」

喉がカラカラに乾いて掠《かす》れてしまう。それでも必死に声を振り絞った。

「本人が違うって言ってた」

私の言葉に男子たちが笑う。本人が否定したからって信じんのかとでも言いたそうだった。

「久米くんの居心地を悪くしているのは、周りにいる私たちだよ」

噂を信じて、距離をとって、関わると危ない人だと決めつけていた。本当は本人の声に耳を傾けて、自分の目で判断するべきだったのに。

「あー……もしかして付き合ってんの？」

「っ、そういうことじゃなくて……久米くんは噂のような人じゃないよ！」

ひとりの男子が私のことを見て、呆《あき》れたように笑った。

「思春期の風邪ってヒステリックにでもなんの？」

「え……？」

「だって、いつもの高坂っぽくねぇじゃん」

いつもの私なら、曖昧《あいまい》に笑って流していたかもしれない。だけど、それをしたら久米くんがくれた優しさを踏み躙《にじ》る気がして、このまま彼らに合わせてやり過ごしたくなかった。

「久米の空気の読めなさが移ったんじゃね」

彼らの笑い声が不協和音のように聞こえる。

いつだってこの人たちは、悪気なく人を傷つける。その場のノリというもので、誰かをいじって笑って、ネタにされている人たちの気持ちを考えていない。

「てか、高坂って自分の顔、こんなふうにも見えてんの？」

スマホの画面を向けられる。そこには、虫眼鏡で目や口を拡大したような顔がうつしだされていた。

「これ、怖すぎだろ！」

鏡にうつる自分の顔を思い出して、軽く目眩《めまい》がする。

彼らにとって笑えることでも、私にとってはなにもおもしろくない。

「空気を読めてないのはお前らだろ」

すっと目の前に誰かが立った。広い肩幅に、見上げるほど高い背。髪はほんのりと青みを帯びている。

男子たちがどんな反応をしているのか、久米くんの姿に隠れて見えない。

だけど、急に大人しくなったので相当焦っているのだろう。きっと本人が現れるなんて、彼らは思ってもいなかったはず。

「いい加減にしろよ」

普段の久米くんの話し方とは違っていて、声が低く怒っているように感じた。

「いや……ふざけてただけだし」

「俺には本気で高坂が嫌がっているように見えたけど」

周囲がチラチラと私たちを見ながら、「喧嘩《けんか》？」と話しているのが聞こえてくる。このままだと、久米くんが誤解をされてしまいそうだ。

私は久米くんのワイシャツの裾《すそ》を軽く引っ張る。

「……ありがとう」

久米くんが間に入ってくれなかったら、私はあのままなにも答えられずにいたかもしれない。

男子たちは軽く私に「ごめん」とだけ言って、足早に帰って行った。

本気で私に謝罪をしているというよりも、久米くんから逃げたように見えた。

「大丈夫か？」

振り返った久米くんは、本気で私のことを心配してくれているみたいだった。

「うん。……ごめんね、迷惑かけちゃって」

「あいつら、やり過ぎだろ。キツく言った方がいいんじゃねぇの」

「いつものことなんだよね～。けど、久米くんのおかげでしつこくされずに済んだから、よかった」

へらへらと笑いながら、心臓はバクバクしていた。

私の反応から、男子たちにも久米くんにも本当に思春期の風邪なのだとバレてしまったかもしれない。さらに面白おかしく噂を流されたらどうしよう。

考えはじめると不安が押し寄せてくる。

だめだ。深く考えない方がいい。わかっているのに考えることが止められず、手が震えてしまう。

「本当に大丈夫か？」

「え……大丈夫だよ」

マスクの下の口角がピクピクと動く。何故か思うように自然に笑えない。まるで糸で無理やり引っ張られているみたいな感覚だった。

「大丈夫……大丈夫だから！」

言い聞かせても、目には涙が滲んでいく。

「高坂……？」

「ご、ごめん！　帰るね！　助けてくれてありがとう！」

久米くんがなにか言った気がするけれど、私は走って昇降口を抜けていく。

これくらい流さないといけないのに。上手くできない。

『絶対嘘だろ～！　風邪声じゃねぇじゃん』

彼らみたいに思っている人は他にもいるのだろうか。

息苦しくてマスクを外したいのに、外せない。

私はもう、どう笑えばいいのかもわからなかった。

それから家に帰るまでの間のことは、あまり思い出せない。とにかく人目に怯《おび》えながら、私は俯《うつむ》いて家まで帰ってきた。

家の前で制服を整えて、目をごしごしと擦《か》く。二重ラインを変えていた糊が剝《は》がれた感覚がした。そして指先で瞼《まぶた》を引っ張るようにしながら、糊を剝がした。本当は水で洗ってとらないといけないのに、今はその気力が湧かない。

玄関で靴を脱ぐと、脱力して座り込んでしまう。

久米くんに変に思われたはず。ちゃんと謝らないと。

涙で湿ったマスクを取ろうとすると、リビングの方から足音が聞こえる。お母さんだ。

顔を上げると、困惑した様子のお母さんが立っていた。

「海実？　どうしたの？」

「あ……えっと、その……」

「学校でなにかあったの？」

私の目の前に座り、手を伸ばしてくる。けれど、先ほどのクラスの男子たちとの出来事を思い出して、首を横に振った。

……大丈夫。あれくらい平気。からかわれることなんていつものことだ。

「海実」

「なんでもないよ」

「そんなはずないでしょ。だって……」

「なんでもないってば！」

これ以上、言ったらダメ。だけど、一度口にしてしまうと溢《あふ》れ出てきてしまう。

「お願いだから、放っておいて！　ひとりになりたいの！」

ごめんなさい。ごめんなさい。

こんな八つ当たりみたいなことしたくなかったのに。

お母さんの顔を見るのが怖くて、私は立ち上がって急いで階段を駆け上がる。部屋のドアを勢いよく閉めて、そのまま姿見の前に座った。

「う……ぁ……っ」

言葉にならない声を上げながら、涙でマスクを濡らしていく。

顔だけじゃなくて心の中も醜く感じて、なにもかもが嫌になる。

震える手でおそるおそるマスクを外すと、マスクにはファンデーションがついていた。

こんな自分が恥ずかしい。周りのことを羨んでばかりでコンプレックスの塊で、嫌なことを笑って流そうとする。

泣きながらいつもみたいに笑おうとしてみるけれど、鏡にうつったのは加工された気味の悪い私の顔だった。

「……変な顔」

ふとスカートのポケットの中身の異変に気づいた。そっと手を入れて手鏡を取り出すと、真ん中から亀裂《きれつ》が入っていて三つに割れていた。

いつのまに割れてしまったのだろう。もしかしたら椅子や机に当たってしまったのかもしれない。

お守りみたいなものだったのに。亀裂を指先でなぞると、再び涙が溢れてくる。

私の心もこの鏡のように砕けてしまったような気がした。

その日の夜、ご飯の時間になるとお母さんが部屋まで呼びにきてくれた。

酷いことを言ったのに、お母さんは私を叱らなかった。それがむしろ見捨てられたのではないかと私の不安を煽《あお》る。

お父さんは仕事で遅いため、ふたりきりの食卓。普段はたわいのない話をしているのに、この日はお互いに無言でご飯を食べていた。

「……ごちそうさま」

食べ終わると、私はすぐにお風呂《ふろ》に入り、そのあとは部屋に閉じこもった。

街灯の光が窓から差し込む薄暗い部屋の中で、私は膝《ひざ》を抱えながらベッドに寝転ぶ。体は疲れているはずなのに、寝つけない。

頭の中に今日あった出来事が思い浮かぶ。

『なにそれ、被害妄想じゃない？』

『高坂も思春期の風邪だったりして』

やめて、私を見ないで。

『高坂さんの場合、一緒にいる子がコンプレックス刺激してるでしょ』

奈柚みたいにかわいくなれないってわかってる。

『思春期の風邪ってさ、コンプレックスありますって公言してて恥ずかしくない？』

私だって、こんな自分が恥ずかしいよ。

学校に行きたくない。明日にはもっと噂が広まっているかもしれない。

嫌なこと全部なくせたらいいのに。

そんなことを考えて、ふとあるものが思い浮かぶ。

スマホを見ると、いつのまにか日付が変わっていた。

そっと部屋のドアを開けると、家の中は真っ暗だった。スマホの明かりを頼りに階段を下りていく。

リビングの電気も消えていて、お母さんもお父さんも寝ているみたいだ。

中に入ると、戸棚の中から救急箱を取り出す。そこには白い細長い箱に入った鎮痛薬があった。その箱をスウェットパンツのポケットに入れて、グラスに水を一杯注ぐ。

そして足音を立てないように自分の部屋に戻った。

ベッドのサイドテーブルの上に水の入ったグラスを置いて、ポケットから取り出した鎮痛薬の箱を握りしめる。

薬をたくさん飲んだら、嫌なことを忘れられるというけど、本当だろうか。試す勇気が出なくて、そのままベッドの上に倒れ込む。

明日になったら、今よりも気分はマシになるだろうか。もしも変わらなかったら、そのときは……。

四章　窮屈な世界から
ぬけだして

目覚めたときには、時刻は九時を過ぎていた。

「えっ⁉」

学校が始まっていることに焦って、ベッドから飛び起きる。けれど、昨日の出来事を思い出して、ベッドの上に座る。

行きたくない。結局一晩経っても、私の気持ちは変わらなかった。

スマホには三通のメッセージが届いていた。

一通目は、お母さんから。

【大丈夫？　学校には連絡しておくから、今日はゆっくり休みなさい】

時間になっても下に下りてこなかったので、休ませてくれたみたいだ。

少し前も学校を休んでしまったのに、今回もこうして休むことを許してくれるのは意外だった。

そして二通目は奈柚だった。

【まだ体調戻らなそう？　大丈夫？】

体調が悪くてと途中まで打って指の動きを止める。私は奈柚にいつまで嘘をつき続けるつもりなんだろう。

返事をすることができないまま、三通目のメッセージを開く。久米くんからだった。

【大丈夫か？】

きっと昨日の放課後のことがあるから、久米くんは気にしてくれているのかもしれない。

お母さんや奈柚、久米くんに心配をかけてしまっているのに、私は返事をせずにベッドに横になる。

全身が鉛のように重たい。このまま沈んでしまいそう。

なにもする気が起きないし、ため息ばかりが漏れて、憂鬱《ゆううつ》な気分。

三人になんて返せばいいんだろう。

大丈夫じゃない。苦しい。だけど、そんなこと言ったところで、どうにもならない。現状を変える力もなくて、耐える心もない。

私は、ただぼんやりと過ごすことしかできなかった。

昼になるとお母さんが、部屋のドアをノックしてサンドイッチを置いていってくれたけれど、食べる気力が湧かない。

水も飲んでいなくて、喉《のど》がカラカラなのに動くことが面倒だった。

陽が傾いてきて、カーテンの隙間から琥珀《こはく》色の日差しが差し込む。

今日を無駄にしてしまった。私、なにやっているんだろう。

けれど、顔を洗ったり制服に着替えたり、朝ご飯を食べるという、いつもはできていた当たり前を今はできる気がしないのだ。

鎮痛薬の箱を震える手で握りしめて、嗚咽《おえつ》を漏らす。

消えたい。こんな顔、大嫌いだ。そしてなにより、卑屈な考えばかりしてしまう自分が嫌で仕方ない。

スマホが振動し、薄暗い部屋の中で画面が白く浮かび上がる。それはまるで、私を照らす光のように見えた。

——久米水樹。

躊躇《ためら》っていると着信が切れてしまう。けれど数秒後、再び着信が鳴った。

彼に救いを求めるように、私は画面に指先を伸ばした。

「……はい」

掠《かす》れた声で電話に出ると、『おう』と久米くんの声がする。

「どうしたの？」

『寝てた？』

「……起きてたよ」

学校を休んだ理由を聞かれると思っていたので、拍子抜けしてしまう。

『喉嗄《か》れてね？』

「水飲んでないからかも」

『飲み物ないの』

「一応、ある」

『じゃあ、今飲んで』

言われるがまま私は上半身を起こして、昨夜持ってきたグラスに手を伸ばす。温《ぬる》くなった水を口に含むと、乾いていた口内が一気に潤っていく。一口飲むと、流し込むように飲み干した。

自分が思っていたよりも、かなり喉が渇いていたみたいだ。

『飯は？　食った？』

「ううん、なにも食べてない」

『なんか食べられそうなものは？』

「……あるにはある」

部屋のドアの前には、お母さんが昼に置いてくれたサンドイッチがまだあるはずだ。

『それ、一口でいいから食べてみたら』

「……うん」

久米くんは強制的ではないけれど、優しく促すように話してくれる。私はそれに抵抗を感じることなく、自然と従っていく。

部屋のドアを開けてみると、おぼんにのせられたサンドイッチがふたつと、グラスに入ったお茶が置いてあった。

それを部屋の小さなローテーブルの上に置き、「サンドイッチ食べる」と伝える。

『なに味？』

「たまごサンドと、ハムとレタスかな」

ラップを外して、ひとつかじってみる。ハーブソルトが入ったたまごサンドを一口、二口と食べていく。

「たまごサンド、塩気があって美味《おい》しい」

『いいなー。俺、マヨネーズがたっぷり入ってて、しょっぱいたまごサンド好き』

「私も。……そういうのが一番好き」

お母さんはそのことを覚えてくれていて、塩気のあるたまごサンドを作ってくれたみたいだ。

『わかる。俺卵焼きも甘いのより、しょっぱい派なんだよな～』

「甘いのってお菓子っぽいよね」

『そうそれ！』

思わぬ話題で意気投合して、私は笑ってしまう。

変なの。私たちお互いのことなんて、そんなに知らないのに。卵焼きの好みについて盛り上がっている。

先ほどまでは食欲がなかったのに、私はあっというまにサンドイッチを平らげた。

『俺もサンドイッチ食べたくなってきた。家帰ったら作ろっかな』

「久米くんって料理するの？」

『親が仕事でいないときは、気が向いたら作る。まあでも、具はいつも適当だけど。唐揚げ入れたり、ウインナー入れたり』

「え、美味しそう！　そういうサンドイッチ食べたことない」

私の家のサンドイッチは、たまごサンドやレタスとハムなどが定番で、唐揚げは入っていたことがない。

『今度作ってみてほしい。特に唐揚げとタルタルソースが入ったやつ美味《うま》いから』

久米くんは昨日のことや、私が休んだことについては一切触れない。

それは彼なりの気遣いなのかもしれないけれど、話していると苦しい思いが嘘のように消えていた。

『そろそろバイト先着くから切るわ。じゃあ、またな』

「あ、うん。バイト、頑張ってね」

結局用件を聞かないまま電話は切れてしまった。初めて久米くんと電話をしたのに、緊張したのは最初だけで憂鬱な気分なんて吹き飛んでいた。

頬に手を当ててみる。笑い方がわからないと思っていたけれど、自然と笑っていた。再びベッドに寝転んで、スマホを握りしめる。

久米くんと話すの、楽しかったな。また話せないかな。

そうだ。電話のお礼のメッセージを送っておこう。

【さっきは電話ありがとう】

バイト中なのか、すぐに既読にはならなかった。メッセージ一覧を開き、奈柚へのメッセージを書き直す。

【心配かけてごめんね。体調がよくなったら、学校行くね】

明日は行くねと打つつもりだった。けれど、明日になったら私はまた学校へ行きたくないと思うかもしれない。だから約束はできなかった。

そしてお母さんにもメッセージを打とうとしたけれど、ベッドから起き上がる。

……ちゃんとしなくちゃ。

お皿とグラスを持って、私は部屋を出て階段を下る。

リビングに行くと、ソファに座っていたお母さんが私に気づいて、不安げな眼差《まなざ》しを向けてきた。

「ごちそうさま」

「食器、流しに置いておいたままでいいからね」

「……うん」

それ以上は会話が続かなくて、私はリビングを出て洗面所へ向かった。鏡にうつる自分を見るのが怖くて俯《うつむ》く。

お母さんの言うとおり、カウンセリング受けた方がいいのだろうか。

でも学校で起こったことをカウンセリングの先生に話したら、親に伝えられるかもしれない。

話さないと言われても、信用できない。中学生のときだって、志望校で悩んでいたときに先生に相談をしたら、誰にも言わないと約束したのに親に伝わった。

進路に関わる大事なことだったからかもしれないけれど、あのときは先生に裏切られたような気持ちだった。そのことを思い出すと、カウンセリングの先生に悩みを打ち明けるというのにも抵抗がある。

翼ちゃんは、どうしているんだろう。思春期の風邪が本当なら、私のように辛《つら》い思いをしているはず。


その日の夜。奈柚から少し話がしたいと言われて、電話をすることになった。

『ごめんね、急に。体調大丈夫？』

「うん、大丈夫だよ。私の方こそ、返事をするのが遅くなってごめんね」

奈柚の話したいことってなんだろう。もしかして私が思春期の風邪だって気づかれた？

心臓をバクバクさせながら、奈柚の言葉を待つ。

『実はさ、久米がクラスの男子たちとちょっと揉《も》めてたの見ちゃったんだよね』

「え……揉めてた？」

『あ、でも揉めてたって言っても、久米が怒ってたって感じなんだけど。それでさ、海実なにか心当たりある？』

久米くんとクラスの男子たち。それで連想するのは、昨日の下駄箱での出来事だ。

『久米が〝高坂にああいうことするのやめろ〟って言ってるのが聞こえたんだ』

奈柚曰《いわ》く、彼らはひと気のない場所で話していて、珍しい組み合わせだなと不思議に思って近くまで見に行ったそうだ。そしたら会話が聞こえてしまったらしい。

『それで海実はなにか知ってるのかなって思って』

どこまでを奈柚に話すべきか悩みながらも、誤魔化すことはしたくなくて、私はざっくりと話すことにした。

「昨日いつもみたいにからかわれて……」

『またからかってきたの？　本当ガキだよね』

「それで、久米くんが助けてくれたんだ」

電話口で奈柚は怒りながらも、久米くんたちが話していた内容に納得したようだった。

『そういうことだったんだ。最近特に度が過ぎてるよね』

彼らの悪ふざけは、私だけが被害者ではない。

奈柚も嫌な思いをしていることだってあるし、他の子たちもデリカシーのない発言を向けられて怒っていることだってある。だけど、周りが何度言っても、彼らにはなかなか伝わらない。

『久米って意外と優しいんだね』

「うん。久米くんって、話してみると想像していた人と全然違ってた」

『結構仲よくなったんだね〜』

表情は見えないのに、奈柚がにんまりと笑っている気がした。

奈柚が思っているような仲ではないけれど、以前よりは親しくなれてきているように思える。

「あのね、奈柚。久米くんの噂の件なんだけど……」

久米くんの誤解を解きたくて、薬を売っているという話は嘘だということや、春頃に起こった盗撮騒動の真相について説明する。

『ええ、マジ？　私はその子から偶然写り込んじゃったのに責められたって聞いたけど、盗撮してたのって事実なんだ……。ありえないわ』

その話は初めて聞いた。盗撮だと言われた子は保身のために、偶然だと周りに言ったのかもしれない。けれど、その嘘のせいで、久米くんの悪い噂が増えてしまったのではないだろうか。

『けど、思い返してみたら久米ってクラス内で問題起こしてないよね。先生に反抗的なときはあるけど、クラス行事は真面目に参加してたし』

私の話を奈柚は信じてくれたようで、久米くんに対する見方に変化が生まれてきたみたいだった。

『デリカシーのない言葉で馬鹿にしてくる男子より、久米の方がずっといいね』

「……そうだね」

ひょっとして奈柚、久米くんに興味を持ちはじめた？

奈柚が誰を好きになっても自由だし、久米くんと私は特別な関係でもない。それなのに言い表せられない感情が芽生えてしまう。

『あ、安心して。好きってわけじゃないから。海実たちの邪魔はしないからね』

「え、いや、そういうのじゃないよ！」

『そっかそっか～』

好きってわけじゃない。だけど、ちょっとだけ気にはなっている。それを奈柚には見透かされているみたいだ。

優しくされて惹《ひ》かれるなんて、単純すぎる。きっと久米くんは、そんなつもりないはずなのに。

『あのさ、海実』

奈柚の声が硬くなる。なにか言いづらいことを話そうとしているみたいだ。

『もしかして、今日休んだのってあいつらのせい？』

「……そういうわけじゃないんだけど、でも全く関係ないわけじゃないかな」

彼らだけが原因ではないし、元々は私の思春期の風邪が理由だ。でもそれを奈柚に話す勇気が今は出ない。

奈柚なら言いふらしたりしないとわかっているけれど、私が強いコンプレックスを抱えていると知られたくなかった。

「そういえば、翼ちゃんは大丈夫？」

『ああ、翼ね！　学校にはきてるよ。まだ同じクラスの人たちとの揉めごとは解決してないけど、〝絶対負けない！〟って意気込んでた。翼、負けず嫌いだからなぁ』

「すごいね。噂のこともあるし、居心地悪いはずなのに」

私と同じようにコンプレックスを抱いて思春期の風邪にかかっても、翼ちゃんは私とは違う。

家の中で蹲《うずくま》って心を閉ざすようなことはせず、強い意志を持って立ち向かって行っているように思える。

『噂は昨日より少し落ち着いてたよ』

私のことは？　思春期の風邪じゃないかって噂になっている？

聞きたかったけれど、言葉が出なかった。

『薔薇祭《ばらさい》も近づいてきたから、その話をしている人が多かったかな。ジンクスのこととかさ』

「ジンクス？」

『青い薔薇を贈り合うと、願いが叶《かな》うってやつ』

「あ、それ入学した頃も話題になってたね」

薔薇祭では生徒一人ひとりに、造花の青い薔薇が一輪配られる。

元々はそれをミスコンの出場者に贈り、一番多くの薔薇をもらった人がその年の優勝者になるというものだった。

今では形が変わり、ミスコンはアプリからの投票制になり、薔薇は各々が渡したい相手に贈るものになった。そしてその中で生まれたジンクスが、青い薔薇を贈り合うと願いが叶うというもの。

「でもどうして願いが叶うってジンクスなんだろう」

『男女が青薔薇を贈り合う場合って、両想いってことだからじゃない？』

「え、そういうことだったんだ！　私てっきり、仲のいい友達同士で贈り合うのかと思ってた」

そんなロマンチックな理由が隠されていたなんて。素敵だなと思うけれど、私とは縁遠くて別世界の話だ。

『事前に交換しようって言われることもあるから、お付き合い打診とか言ってる子もいたよ』

「奈柚もそういうのくるんじゃない？」

『えー、今のところそんなのまったくないよ！』

奈柚なら何人かの男子に交換しようって言われそうな気がする。

奈柚はモテることを自慢しないし、飾らない性格だから、そういうところがさらに人気が高い。それにミスコンに出たら、ファンも増えそうだ。

『……はーい！　ごめん、海実。お風呂《ふろ》入れって言われちゃった！　またゆっくり話そ！』

「うん。電話ありがとう」

電話を切ったあと、スイッチが切れたようにベッドの上に寝転ぶ。

明日は学校に行けるだろうか。いや、行かなくちゃいけない。

お母さんだって何日も休むことは許可してくれないだろうし、勉強にもついていけなくなってしまう。

スマホのカメラモードで自分の顔を確認する。画面にうつった姿を見て、気分が急降下していく。

相変わらず目や鼻が通常の大きさや形ではない。

一日家にいて、学校で感じていたストレスから遠ざかったはずなのに治らない。このまま一生治らなかったら、私はどうしたらいいんだろう。

誰にもこんなこと言えなくて、膝《ひざ》を抱えるように丸くなって私は眠りについた。


翌朝、アラームが鳴るよりも早く目が覚めたものの、ベッドから出たくなくて布団の中に潜った。

またクラスの男子にからかわれたり、思春期の風邪ではないかという噂が広まって、周りの人たちから好奇の目を向けられたりするかもしれない。悪い方向にばかり思考が傾く。

枕元にあった鎮痛薬の箱を手に取る。

飲む勇気はない。だけど、これを飲んだら一瞬でも楽になれるかもなんて思ってしまう。

少しすると、枕元でスマホのアラームが鳴り始める。

学校に行きたくない。誰とも会いたくない。

嫌な思いするくらいなら家に引きこもっていた方がマシだ。

布団の中で悶々《もんもん》と悩んで、時間が止まればいいと願う。

けれど、その間もアラームは鳴り響いている。

アラームの音が変わった。先ほどの柔らかいメロディとは違って、心臓が縮み上がるような警告音。二つ目にセットしているアラームだ。

……いい加減起きないと、このままでは本当に遅刻してしまう。

掛け布団を剝《は》ぐと、枕元のスマホを手に取ってアラームを止めた。

上半身だけ起こして壁によりかかる。

行かなくて済む方法があればいいのに。けれど、さすがに昨日も学校を休んだので、お母さんが許してくれないはずだ。

部屋のドアをノックする音がする。私が起きてくるのが遅いから、お母さんが様子を見にきたみたいだ。

「海実、起きてる？」

「うん」

「今日も休む？」

さすがに今日は学校へ行きなさいと言われると思っていた。

以前のお母さんなら、ズル休みなんてしちゃダメだって叱っていたはず。それなのにどうして私の我儘《わがまま》を許してくれるんだろう。

「開けるよ」

ドアを開けたお母さんが、私の下へ歩み寄ってくる。ベッドの上で座っている私を見て、顔をこわばらせたのがわかった。

「やっぱり今日も学校休もう」

「……いいの？」

「海実の体調の方が大事でしょ」

こんな状況なのに、お母さんが叱らずに気にかけてくれて少し嬉《うれ》しい。

クラスの男子にからかわれるくらいで馬鹿馬鹿しいと呆《あき》れられるんじゃないかと思って言えなかったけれど、今なら学校の悩みをお母さんにも話せるかもしれない。

「あのね、お母さん」

「カウンセリング受けてみない？」

言葉をぐっと飲み込む。お母さんは優しい口調だけど、表情は険しい。

「思春期の風邪がこれ以上悪化しないためにも。ね？」

お母さんから見て、私はそんなに酷《ひど》い症状になっているのだろうか。

「このままだと、どんどん学校に行きづらくなるかもしれないでしょ。だから、早めに行こう？」

私が不登校になりそうで、お母さんは不安なようだった。それに少しやつれたように見える。

……私が心配をかけているせいだ。

「やっぱり、私学校行くよ」

学校へ行きたくないって気持ちは、明日も明後日《あさって》も変わらない気がする。それに登校して、奈柚と会ったら気分も変わるかもしれない。そう考えて無理やり、気持ちを切り替えていく。

「本当？　大丈夫なの？」

「うん。大丈夫！」

笑顔を作ってみると、お母さんはホッとした様子で表情を緩める。

「無理しないでいいのよ」

「一日休んで元気出たから、平気。用意するね」

大丈夫。私は大丈夫。自分に言い聞かせてから、床に爪先をつけると一瞬目眩《めまい》がした。けれど目をキツく閉じて、ぐっと堪《こら》える。

「じゃあ、朝ごはんの準備してくるね」

お母さんが先に部屋から出ていくと、私は表情が抜け落ちていく。

楽しいことを考えないと。そうだ。奈柚と会ったら、薔薇祭の話をしよう。当日は一緒に回れるかな。

ため息を飲み込んで、私は制服に着替えた。

それから朝食のときも私は極力明るく振る舞った。

本当に大丈夫なのかと聞かれたけれど、寝起きでちょっと憂鬱だっただけと誤魔化したら信じてくれたみたいだった。

なるべく自分の顔全体を見ないようにして、頬を鏡に近づける。ニキビはいまだに治っていなくて少し痛い。コンシーラー代わりになるファンデーションを丁寧に塗って、その上からマスクをした。

お母さんにバレないように、左目の幅を糊《のり》で変える。

洗面所の鏡にうつる私の表情は、マスク越しでも暗いのがわかる。隈もできているし、目も腫《は》れぼったくなっている気がする。

見れば見るほど、自分の醜い部分を見つけてしまい、前髪で目元を隠す。なるべく人に顔を見られないように過ごしたい。

「海実ー！　そろそろ家出なくて大丈夫？」

リビングからお母さんの声が聞こえてきて、私は「今出る～！」と元気に返した。玄関まで行くと、黒色のローファーに足を通す。いつもより硬く感じて、履き心地が悪い。

「いってきます」

玄関のドアって、こんなに重たかったっけ。

外に出ると、日差しが眩《まぶ》しくて顔を顰《しか》める。もう九月が終わる頃なのに、まだ暑い。

このままどこかへ行ってしまいたい。ずっと学校に着かなければいいのに。

それに手鏡が割れてしまったので、今日はお守りがない。顔を見たくて不安になったら、どうしよう。そのときはスマホのカメラモードを使うしかない。

歩き慣れた道をゆっくり進み、駅前の信号を渡りきった直後、スカートのポケットに入れていたスマホが振動した。

小刻みに振動していて、メッセージではなく電話のようだった。

慌ててスカートのポケットからスマホを取り出すと、画面には久米くんの名前が表示されている。

朝から電話がくる理由が思い浮かばず、緊張しながら通話マークをタップした。

「……もしもし」

『体調は？』

「大丈夫だよ」

本当は大丈夫じゃない。胃のあたりが鈍く痛むし、憂鬱な気分が消えない。だけどそんなこと久米くんには言えなかった。

『学校行く予定？』

「今日は行くよ」

行きたくない。

『本当に大丈夫なのか？』

「うん、平気平気！　今日はもう元気だから！」

学校に行って、またからかわれたり、思春期の風邪のことを指摘されたら、上手《うま》く笑えないかもしれない。それでもマスクをしていれば誤魔化しが利くだろうか。

『……あのさ、今から会える？』

「え？　これから学校だよね？」

久米くんはすでに学校にいるのだろうか。それとも、登校前に会うということ？

『なにもかも投げ出したくなる日があってもいいと思うんだよな』

「えっと……どういうこと？」

『だからさ、俺とサボろう』

そんな誘いを受けるのは初めてだった。

学生や会社員の人たちが行き交う駅前で、私は耳にスマホを当てたまま呆然《ぼうぜん》と立ち尽くす。

「私……」

学校に行きたくない。できれば休んでしまいたい。

だけど担任の先生からお母さんに連絡が行くかもしれないし、そしたら間違いなくサボったことを叱られる。

カウンセリングだって、強制的に通わされるかもしれない。

『高坂の気が向いたらでいいよ。どうする？　俺と待ち合わせする？』

今まで歩いていた道から外れるのは勇気がいる。

けれど、彼の言葉に心が軽くなっていく。

「……どこに行けばいい？」

一歩踏み出す。先ほどまで硬く感じていたローファーは足に馴染《なじ》み、見上げた空は心地のいい晴天だった。


久米くんとの待ち合わせ場所は、高校の最寄り駅とは正反対だった。

普段は乗らない電車はちょっと緊張する。

会社や学校へ向かっている人たちに交ざって、これからサボろうとしているなんて少し前の自分だったら絶対にしなかった行動だ。

駅に着いて改札を出ると、駅ビルの入り口付近にある白い柱のあたりに同じ制服を着た男子を見つけた。日差しにあたった黒髪はほんのりと青みを帯びている。

「久米くん」

私に気づくと、久米くんは片手を挙げる。

「よっ」

これから学校をサボることに私の心臓はバクバクだけれど、久米くんは普段と変わらない。むしろなんだか機嫌が良さそうだ。

「高坂が本当にくるとは思わなかった」

「え、もしかして冗談だった？」

私が本気にとってしまったから、冗談だと言いづらくなってしまったのかと焦る。すると、おかしそうに久米くんが笑う。

「そうじゃないって。断られるかもなーって思ってたから。高坂って普段サボったりしないだろ」

「うん。こんなふうに学校サボったの初めて」

「後悔してる？」

「後のことを考えると、ちょっと怖いけど。でも……学校に行かずに済んでホッとしてる」

私の心はまだ学校へ行く準備が整っていなかった。

行ってみたら、自分が想像していたよりも大したことないのかもしれない。けれど、それでも行くまでが怖い。

「自分がこんなに弱いとは思わなかったな」

心の中でうじうじと悩むことは今まで もあったけれど、もっと切り替えが上手かった気がする。

傷つくことがあっても、深くは考えないようにして笑顔で過ごしていた。

だけど、もしかしたらそれって、自分の心を痛めつけるような行為だったのかもしれない。

「たまにはさ、息抜きしたら？」

「けど、どんなことが息抜きになるんだろう」

真面目すぎてつまらないって思われたかも。横目で久米くんを見やると、ニッと歯を見せて笑ってきた。

「じゃあ、今日は俺の息抜きに付き合って」

「どんなことするの……？」

「遊ぶだけだから、そんな身構えなくていいって。ほら、行こ」

戸惑っている私に久米くんが手を差し伸べてくる。突然のことに目を丸くした。

手を繋《つな》ぐって私の中ではハードルが高い。けれど、この手を取れば私の平凡な日常が、がらりと変わるような期待が芽生える。

いい子のレールから、すでに一歩はみ出した。

明日には私は元の道に戻るだろうけれど、今日だけは違う一日を過ごしてみたい。

おずおずと右手を伸ばすと、指先を摑《つか》まれてぐっと引っ張られる。その勢いで数歩進むと、そのまま駅ビルの横を通り越していく。

久米くんの手は力強くて大きい。

なにかスポーツでもしていたのかなと思うほど、皮膚が硬い。それとも男の子ってこういうものなんだろうか。

エスカレーターに乗ると、手が離れていった。

「高坂は苦手な食べ物とかある?」

「うーん、特にないかな。なにか食べに行くの?」

あたりを見渡すと、ファーストフードやファミレス、居酒屋などの看板が見える。どのお店もいろんな駅に店舗があるので、わざわざこの駅を久米くんが指定したということは、チェーン店に行くとは考えづらい。

けれど、サボっているから学校に見つからないようにただ反対方向に来ただけかもしれない。

「うん。すぐそこだよ」

サボるのはいけないことだけど、でも久米くんが見せてくれようとしている世界が気になる。

熱が残った指先を、私はぎゅっと握った。

駅から数分歩いて辿《たど》り着いたのは、商店街だった。天井がガラス張りになっているアーケードに足を踏み入れる。

生花店や、カフェ、生活雑貨など様々なお店が立ち並んでいて、どれも興味を惹かれる。たこ焼きのお店はベンチがあり、年配の女性たちが楽しげにお喋《しゃべ》りをしながら食べている。

「コロッケ好き？」

「うん、好きだよ」

もしかして、久米くんが来たかった場所はこの商店街なのだろうか。

「じゃ、食お。そこの店のコロッケ、おすすめ」

マスクを外したくない。他の人には私の顔が普通に見えているとはいえ、この顔を曝《さら》け出すことに抵抗があった。マスクの下部を持ち上げれば、外さずに食べられるだろうか。

オレンジ色の看板の精肉店の方に久米くんが歩いていく。

コロッケやチキンカツ、エビフライなどの揚げ物がガラス張りのショーケースに並んでいる。

「コロッケふたつください」

久米くんがコロッケを注文すると、店員さんがひとつずつ紙に包んで彼に手渡す。常連なのか、店員さんは久米くんに「いつもありがとね」と声をかけていた。

人の邪魔にならないように、私たちはお店の横のスペースに行く。

「はい」

「ありがとう」

コロッケを久米くんに差し出されて受け取る。温かくて揚げたてのようだった。香ばしい匂いがする。

「すげー美味いから食ってみて！」

久米くんから期待に満ちた眼差《まなざ》しを向けられる。

マスクの下の部分を左手でつまんで少し浮かせる。これならマスクを外さずに食べられそうだ。

「いただきます！」

一口かじると衣がサクッと音を立てた。湯気がふわりと立ち上り、息を吹きかけながら咀嚼《そしやく》していく。中のジャガイモは柔らかくて、玉ねぎや肉などの旨《うま》みが詰まっている。

コロッケの美味しさに感動していると、久米くんが得意げな顔で「美味いだろ？」と聞いてきた。

私は頬にコロッケを詰めたまま、何度も頷《うなず》く。

「よくここのお店のコロッケ買うの？」

「うん。ここのコロッケ好きで、学校帰りとかよく買いにくる」

久米くんもコロッケを一口、二口と食べはじめる。口角が上がったのがわかった。彼の好物なのが伝わってくる。

　コロッケを食べ終わったあと、鞄《かばん》からお財布を取り出す。

「いくらだった？」

「いらない」

　そんなわけにはいかないと、お金を払おうとしたけれど首を横に振られた。

「今日はバイト代を思いっきり使うことにしたから、全部俺の奢《おご》り」

「え、でも」

「俺の息抜きだから、いいんだよ」

　久米くんはゴミ箱にコロッケの袋を捨てると、次の場所へ移動しはじめる。彼の背中を私は急いで追いかけた。

　真っ赤なのぼりが入り口の前に飾られているゲームセンターの前につくと、久米くんが中に入っていく。

　次はここで遊ぶみたいだ。自動ドアをくぐった瞬間、賑《にぎ》やかな音に囲まれる。

　ＢＧＭで聴こえる音楽がかき消されるほど、軽快な機械音がいたるところから鳴っている。

「高坂って、ゲーセンくる？」

「ううん、ほとんどきたことないよ」

中学の頃に一度だけ友達に誘われて、お母さんに内緒で行ったことがあったけど、それっきりだ。そのときも流行りのキャラクターのぬいぐるみを友達がほしいと言っていたので、その子がクレーンゲームをしているのを隣で見ていただけ。

「あっちは専用のコインを使って遊ぶやつ。で、あれが銃を使って射撃するゲーム」

久米くんは、どんなゲームがあるのかを教えてくれる。

「車のやつってなに？」

「ああ、あれはゾンビを倒すゲーム。その隣にあるやつがリズムゲーム」

他にもパステルカラーの丸い機械の中には、駄菓子がたくさん入っていて、見た目からして駄菓子を取るゲームなのだろうなと想像がつく。

奥の方にはぬいぐるみのクレーンゲームの機械がずらりと並んでいる。

「やってみたいやつある？」

あたりを見渡して、一番気になったものを指差す。

「いいな！　俺もあれ好き」

私が興味を抱いたのは、車の中に入ってゾンビを倒すゲームだった。心霊的なものは苦手だけど、ゾンビ系の映画を以前観たときハラハラしたけれど面白かった。

久米くんと一緒に車の中に乗り込む。

「これは私が払うよ」

「さっき言ったじゃん。今日は俺がバイト代を思いっきり使う日だから」

そう言って、ここも久米くんが支払ってくれた。

私がこのゲームがいいと言ったのに、支払ってもらうのは申し訳ないなと考えていると、目の前の画面から音楽が鳴り始めた。

オープニング映像が流れてきて、操作の説明をされる。どうやら、目の前にあるハンドルを握って向きを調節しながら、ボタンを押して銃を撃つらしい。

スタートと表示されると、車が前後に軽く揺れる。

「うわっ、びっくりした！」

「これ結構揺れるから、壁に頭打たないように気をつけて」

すぐにゾンビたちが画面に現れて、私はびくりと身体が跳ねる。

「高坂、右撃って！」

「え、右⁉　待って、どうやって撃てばいい⁉」

「ハンドル動かして、照準合わせる！　んで、赤いボタン押して！」

慌ててハンドルを握って、ゾンビに照準を合わせながらボタンを連打していく。発砲音が鳴り、ゾンビが次々倒れていった。けれど、またすぐにゾンビたちが群がってくる。大体コツが摑めたので、攻撃を受ける前に頭を狙って撃って殲滅《せんめつ》した。すると画面に生還と表示される。私たちの勝利みたいだ。

「すげ、勝った！」

力強く握っていたハンドルを離して、私は軽く拍手をする。

「久米くん、ポイント高いね！」

画面に表示された数字は、私よりも久米くんの方が百ポイント高い。

「難易度高いから勝てると思わなかったな〜。てか高坂、こういうの得意？」

「今日初めてやったよ！　だから、すっごく緊張した！」

近づいてきたゾンビに手を伸ばされた瞬間、食べられるんじゃないかとひやひやした。しかも、うめき声が座席の真横から聞こえてくるので結構怖い。

心臓の鼓動の高まりが静まらず、気分が高揚したまま私たちはゾンビゲームの車から出る。

「久々にゲームに熱中したなー」

「ちょっとはまりそう」

久米くんが私の言葉を聞いて噴き出す。

「意外だな。ゾンビ系好きなら、ゾンビ討伐のアプリゲームやってみたら？」

「でも、ひとりでやるのは怖いかも」

隣に久米くんがいたから、楽しくできたけれどひとりでやったら今以上に心臓がバクバクしそうだ。

「大丈夫だって。オンラインでできるし、今度やってみよう」

「じゃあ、それまでにやり方調べておく！」

アプリゲームってほとんどしないから、足を引っ張らないように遊び方解説の動画を見て勉強しなきゃ。

色々なゲームの機械をふたりで見ながら、一緒にできそうなものを探す。

「次は、あれしたい」

久米くんが指差したのは、駄菓子のクレーンゲームだった。私も少し気になっていたやつだ。

百円を入れて、久米くんがプレイしはじめる。

駄菓子が敷き詰められている床がゆったりと回転していて、大きめのものがきたタイミングで狙いを定めて、久米くんがボタンを押す。

大きなスプーンのようなものが駄菓子をすくって、目の前の出っ張っている台に落としていく。元々台の上にのっていた駄菓子たちが上手く押し出されて、足元にある穴に落ちた。

「すごい！」

「高坂もやる？」

「うん！」

久米くんがお金を出してくれようとしたけれど、さすがにこれは自分で出すと言って、お財布から取り出した百円玉を投入する。

ピンク色の丸いボタンを操作しながら、タイミングを見計らう。

運よく大きなチョコレートをすくえたので、そのおかげでたくさんの駄菓子が押し出されて、穴に落ちていった。

私は受け取り口から、駄菓子を取り出す。キャンディーやガム、キャラメルなどが片手では持ちきれないほどの量だった。

「え、すげぇ落ちてんじゃん！　俺、これだけだったんだけど」

久米くんの手にはチョコレートとラムネの小袋。

「私、案外得意なのかも！」

一度でこんなに取れるとは思わなかった。ゲームセンターってこんなに楽しいんだ。ひとりでくる勇気はないけれど、今度奈柚を誘ってきてみたいな。

ふたつあったキャラメルは、久米くんにお裾《すそ》分《わ》けすることにした。他の駄菓子は鞄にしまって、私たちは他のゲームを探す。

ホッケーや、おもちゃのハンマーでワニを叩《たた》くゲームなど、ふたりで色々なものに挑戦する。気づけば私は、声を上げて笑っていた。

一通り遊んだあと、私たちはゲームセンターを出る。

「外の方が涼しいな」

久米くんがワイシャツの裾をパタパタとさせる。額にはうっすらと汗が滲《にじ》んで見えた。

「ゲームセンターの中は、夏みたいな気温だったね～」

機械の熱が原因なのかむわっとした熱が充満していて、ちょっとだけ暑かった。私も頬が熱《ほて》っている。

商店街の奥へ進んでいくと、かわいらしいレモンのマークの看板が見えた。

「久米くん、レモンって好き？」

「好きだけど」

「じゃあ、ちょっと待ってて！」

私は看板にレモネードと書かれているお店に小走りで向かう。

アイスレモネードをふたつ注文してから、久米くんのもとへ戻るとひとつを手渡した。

「これ、お礼！」

コロッケ代も、ゲームセンターで遊んだお金もほとんどを久米くんが出してくれた。だから、少しでも私から久米くんにお礼がしたい。

「気にしなくていいのに。けど、ありがとな。もらっとく」

久米くんは眉《まゆ》を下げて笑うと、アイスレモネードを受け取ってくれた。

ストローに口をつけて吸い上げると、甘酸っぱい味が口内に広がる。

「美味しい〜！」

「本当だ。これ初めて飲んだけど、ハマりそう」

どうやら最近できたお店らしく、久米くんもまだ飲んだことがなかったらしい。

渇いた喉をレモネードで潤したあと、古書店やケーキ店、百円ショップの前を通過していく。

商店街に軽快なメロディが響き渡る。

どうやらこれは十二時を告げる音楽らしい。楽しくて時間はあっというまに過ぎていく。

久米くんと合流してから、私はスマホを一切見ていなかった。奈柚やお母さんから連絡がきているかもしれない。

だけど今は、スマホを見たくなかった。見てしまえば、一気に現実に引き戻される気がするから。

それに学校では自分の顔が気になって何度も鏡を見たくなったけれど、久米くんといると鏡を見たいと思うことはほとんどない。それほど、ゲームに夢中だったからだろうか。

「腹減ってる？」

「今はそんなに空《す》いてないかな」

先ほどコロッケを食べたり、アイスレモネードを飲んだからか、十二時になってもあまりお腹が空いていない。

「じゃ、次の場所行くか」

商店街を抜けると、久米くんは左側の道に進んでいく。駅から離れたからかひと気が少ない。

「久米くんは、よくこのへんに来るの？」

「俺のバイト先がこの駅なんだ」

「そうだったんだ。どんなところでバイトしてるの？」

「ドーナツ作ってる。こういうやつ」

久米くんが見せてくれたのは、写真映えしそうなカラフルなドーナツの画像。初めて見たけれど、どれもかわいい。

こんなにかわいいものを作っているなんて、ちょっと意外だ。

「平日は品出しや会計をするのがほとんどだけど、休みの日は早朝からドーナツ作りを手伝ってる」

「早朝って大変そうだね」

「まあ、最初はしんどかったけど。でも慣れたら楽しいかな」

「いいなぁ」

ぽろっと本音を漏らしてしまった。気を抜き過ぎた。こんな反応をしても久米くんを困らせるだけだ。

「バイト？」

「うん。お母さんに、バイトはまだダメって言われていて」

高校に入学したばかりの四月はバイトをしていない人がほとんどだったけれど、夏あたりから増えた。聞こえてくる話の内容も、バイトの出来事が多い。

私だけが取り残されているような気持ちになる。

だから早く大学生になりたいって思う。部屋の模様替えや私服、メイクや髪色などをもっと自由にしたい。

「なら、話し合わないとな」

「え？」

「反対するってことは理由があるんだろ。それなら、なんでダメなのか聞いて、どうしたらいいか考えてみればいいじゃん」

お母さんにダメだと言われたら、私はそれ以上なにも言えなかった。納得したふりをして、心の中では引きずっている。

「言わないとわかんないままだと思うけど」

「……そうだね」

だけど、こんな状況の私がバイトをしたいと言っても、許してもらえない気がする。思春期の風邪にかかって、学校を休んで、成績だって前回よりも落ちてしまうだろう。こんな私にお母さんがバイトをさせてくれるとは考えられない。

「言うだけ言ってみたらいいのに」

どうせダメだと言われてしまうことは想像がつく。

「……意見を言ったら、叱られたり呆れられたり、場合によっては嫌われることもあるかもって思うと怖くて」

これはお母さんだけに言えることじゃない。

学校の人間関係でもそうだ。だから、本当の気持ちを飲み込んで笑って流す方がいい。そうやって過ごしてきた。

「自分の意見を言うってさ、思ったことをストレートに言うってことじゃなくて、相手に伝わる言葉を探して、お互いを理解しようとすることなんだと思う」

木々が生い茂る広場を通過していくと橋を渡る。すると、浜辺公園の入り口が見えてきた。公園の中には博物館や、滑り台などの遊具があった。

風に靡《なび》いた髪が、私の目元を覆う。立ち止まって乱れた髪を直そうすると、久米くんも足を止めた。

「飲み込んでいた言葉、もっと口に出してみたら」

くしゃくしゃになった私の髪を、彼の大きな手が整えてくれる。

前髪が横に分けられたからだろうか。先ほどよりも視界が広く感じた。

「そしたら今より、息がしやすくなるかもしれないだろ」

私とは違う人生を歩んで、違う価値観を持っていて、そして隣を歩いてくれる人。指先が触れた額が熱い。

もっと知りたい。近づいてみたいと、一緒にいると欲が出てしまう。

「あ、見えてきたな」

道なりに進むと、海にたどり着いた。

鮮やかな青い海に太陽の光が注がれて、風で波打つと水面《みなも》がキラキラとしている。久米くんの黒髪も、いつもより青く見えた。

「バイトの日に時々来るんだけどさ、お気に入りの場所なんだ」

「私は小学生以来かも」

ここは人工海浜で休日は親子の遊び場になっている。

私も幼い頃は両親や友達と一緒にきたことがあった。小さな頃は遊びに夢中で景色なんてちゃんと見ていなかったけれど、こんなに綺麗《きれい》だったんだ。

砂浜の方まで行くと、久米くんはベンチに座った。

少しの間ふたりでぼんやりと海を眺める。なにもせず、ただ時間が流れていくこのひときが心地いい。

「久米くんは、どうして今日一緒にサボろうって言ってくれたの？」

他クラスの親しい人に声をかけてもよかったはずだ。それなのに彼が私を選んで声をかけてくれた理由はなんだろう。

「もしかしてこの間の件があったから？」

下駄箱でクラスの男子にからかわれているのを久米くんが目撃したから、気にかけてくれていたのだろうか。

「それもあるけどさ、高坂には気分転換が必要じゃないかって思ったから」

私は右手でマスクに触れる。顔を隠していても、目元や声などからやつれているように見えたのかもしれない。

「あとは、人目を気にせずに思いっきり楽しんでる高坂を俺が見たかっただけ」

「え？」

「だから、今日誘ってよかったたって思った」

冗談だろうけれど、くすぐったい気持ちになって私は目を伏せる。

「悪ノリしてからかってくるやつらなんて気にすんなって言ってもさ、俺が想像しているより、高坂にとってはしんどいことだよな」

奈柚も気にすることはないって何度も言ってくれている。私もそう思うけれど、彼らの些細《ささい》な言動に傷ついて、気にしてしまう。

「……最初は軽く流していれば大丈夫だって思ってたんだけど、だんだんそのノリに合わせていけなくなってきたんだ」

初めに外見のことでからかわれたときに、やめてと本気で言えていればよかった。だけど、あのときの私はとにかく周りと上手くやらなくちゃと思って、無理して笑っていた。

「なにを言われても笑って受け答えして、家ではいい子のふりをして、本当の自分は部屋の中にしかいなくて。周りのことが羨《うらや》ましかった」

私を好き放題にからかってくる男子。かわいくて人気者な奈柚。私と同じ思春期の風邪になっても堂々としている翼ちゃん。自分の意思を持っている久米くん。

自分にないものを、たくさん持っている人たちが眩しかった。

「高坂は自分が嫌い？」

「……うん。自分の考え方も、性格も……この顔も全部醜くて大嫌い」

毎朝頑張って二重のラインを調整しても、マシになるだけでかわいくなんてなれない。外見が整っている奈柚に嫉妬《しっと》して、勝手に劣等感を抱いて、その卑屈さを誤魔化すために愛想笑いをすることだってあった。

いくら加工をしても、実際の姿とはかけ離れているし、ＳＮＳでいいねが欲しいくせに、ちょっと厳しいコメントがくるだけで心が折れそうになる。

そして、こんなことを考えてしまう自分が嫌でたまらない。

「一度も高坂を醜いなんて思ったことない」

「それは……」

「まだ俺が高坂をよく知らないだけ？」

躊躇いながらも頷く。私の醜い部分を久米くんは見ていないだけで、もっと知っていけば、嫌な部分がたくさん見えるはずだ。

「この間の放課後、俺のことで怒って声を上げてくれただろ」

すぐに下駄箱のときのことだとわかった。私をいじっている会話だけ聞かれていたのかと思ったけれど、久米くんのことをクラスの男子たちが悪く言っていたのも、すべて聞いていたみたいだ。

「俺のためにあんなふうに言ってくれる人がいるなんて思わなかったから、嬉しかった。怒ってくれて、ありがとな」

久米くんの声が優しく心に響く。

声を上げても、クラスの男子たちには伝わらなかった。それでも久米くんにとって、少しでも救いになれたのなら、勇気を出せてよかった。

「これから先、高坂について詳しく知っていったとしても、俺の中で高坂の印象は変わらないよ」

「……私ってどんな印象？」

「いつも周りをよく見てて、お人好《ひとよ》しで優しい」

「優しくなんてないよ。私……そんなに性格だってよくないし」

好かれたくていい人ぶることだってあるし、すぐマイナス思考になる。自分でもこんな性格面倒くさいって思う。

「優しいかどうかは、自分じゃなくて受け取った相手が判断するものだろ」

自分が親切にしたつもりでも、相手にとってはそう感じないことだってある。だから優しさというのは、自己評価では測ることはできなくて、他人が決めるもの。

久米くんの言葉は私にとって新鮮で、そして静かな雨のように降って私の心に波紋を描いていく。

「高坂は、自分のどんなところが嫌いなの？」

「え……」

「この際、全部吐き出しちゃえば」

私は指先でマスクの紐《ひも》をぎゅっと握る。

「中学の頃から周りに呆れられることも多くって」

「呆れられるって、どんなところを？」

「車が通ってなくても信号が青になるまで待っていて、周りの子に置いていかれちゃったこともあって……バカみたいでしょ」

「信号守ってなにが悪いんだよ」

「けど、車が一台も通ってなくって……」

中学の友達は、そんな私を真面目だけど変わってるねと言って呆れていた。

「だいたい信号って守るためにあるだろ。高坂は悪いことしてないじゃん」

それでも私は友人たちに面倒くさいやつだというラベルを貼られた。〝海実ちゃんは真面目だよね〟なにかあるたびにそう言われて、次第に周りと距離ができていったのだ。

中学の頃の部活でも先輩に、真面目すぎてノリも悪いし、苛々《いらいら》すると言われていた。

だから、高校では失敗したくなかった。

ノリが悪くてつまらない人間にならないために、私は高校で笑顔の仮面をつけた。嫌なことを言われても笑って流せたら、人の輪から外されない。

「ルールに縛られすぎない方がいいことだってあるけど、ルールを守れる高坂が間違っているとは思わないけどな」

「そう、なのかな」

「まあでも、俺も学校サボらせちゃったから偉そうなこと言えないけど」

私たちは顔を見合わせて笑う。

たしかに今私たちはルールを破って、学校をサボってしまっている。中学の頃の私が知ったら、信じられないと青ざめそうだ。

「俺さ、中二のとき野球部を退部したんだ」

凪《な》いだ海を眺めながら、久米くんがぽつりと漏らす。

「え……そうなんだ」

「野球部の友達がさ、同じクラスのやつから金巻き上げられていて、それを知って止めに入ったら喧嘩《けんか》になってさ。んで、そのとき殴られて地面に顔を打って、歯にヒビが入ったんだ」

口を開けて、欠けている歯を見せてくれた。最初はヒビが入っただけだったけれど、少しして食事をしているときに欠けてしまったらしい。

喧嘩で歯が折れてると怖がられていたけれど、そういう理由だったんだ。

「友達は報復が怖くて、先生たちに金を巻き上げていたのは俺だって言ったんだ。それで色々揉めて、結果的には俺が野球部を退部した」

「それって久米くんが悪者にされたってこと？」

助けようとして止めに入っただけなのに。久米くんがお金を巻き上げている犯人にされて、部活も退部だなんてあんまりだ。

「けど、わかってくれてる人もいたよ。野球部の先輩は、俺がそういうことするようには思えないって部に戻すように抗議してくれたんだ。俺は自分の意思で戻ることは選ばなかったんだけど、そのときの先輩たちには今も感謝してる」

久米くんに味方がいてくれたのはよかったけれど、それでも守ろうとした人から悪者にされて傷つかないはずがない。それなのに今の久米くんは過去の出来事を懐かしむように話している。

「俺が時々一緒にいる先輩たちいるだろ。その中のふたりが中学の頃の野球部の先輩なんだ」

久米くんは素行の悪い先輩たちと連《つる》んでいると言われていたけれど、そういう関係だったんだ。それなら、その噂も全てが正しいわけではないのかもしれない。

「先輩たち先生とよく揉めてるし喧嘩っ早いのは本当だけど、悪いバイトとかはしてない」

私の考えを見透かすように久米くんが言った。

「……フィルターを通して見て、勝手に決めつけていただけなんだね」

「見聞きする情報で判断するだろうから、ひとつでも悪い話があれば、それに引っ張られやすいんだろ」

加工アプリを使っている人たちは目を大きくしたり、小顔にしたりして、実際とは違ったフィルターをつける。

噂話もそうで、嘘か本当かわからない話でフィルターをつけてしまう。

「だけど実際に話してみたら、印象って変わるよね」

「俺も印象変わった？」

「うん。噂と違って怖くなくて、面倒見もよくて……それですごく優しい」

照れくさそうにしながら、久米くんが笑う。

「優しいなんて初めて言われた」

久米くんは、何度も私に優しくしてくれた。

無理をしていることに気づいて息抜きができる場所を教えてくれたり、今日だって私の気分転換をさせてくれている。

「あのね……私」

マスク越しに右頬に触れる。久米くんなら打ち明けても引いたり、言いふらしたりしない気がした。だけど、いざ言葉にしようと思うと、言葉が出てこない。

話の途中で黙り込む私を、久米くんはじっと待ってくれている。

しばらく無言の時間が流れて、遠くから鴉《からす》の鳴き声が響いた。

なんでもないと言えば、久米くんはきっと流してくれる。だけど、彼に聞いてほしいと思う自分もいた。

三度目くらいの「あのね」という言葉を口にして、私は深く息を吸った。

「コンプレックスがあって、それで……自分の顔が嫌いで」

一言で済む話を、遠回りをするように話してしまう。必死に言葉を整理しようとしても、緊張で上手く頭が働かない。

「さっきも言ったけど、俺は高坂のこと醜いって思ったことない」

「……うん」

「こないだのことだって、クラスの一部のやつらが勝手な噂話してるだけだし気にする必要なんてねぇよ」

　おそらく久米くんは、クラスの男子たちが私を思春期の風邪だと指摘していたことについて言っている。だけど、あれは彼らの勘違いじゃない。

「私、本当に……そうなの」

「え？」

「思春期の風邪なの」

　声を震わせながら、私は久米くんから目を逸《そ》らす。驚かれただろうか。それともやっぱりなと納得した？

　反応が怖くて見ることができない。

「本当に思春期の風邪だからって、からかっていい理由にはならないだろ」

　おずおずと久米くんの方を見ると、眉を寄せて真剣な表情をしていた。

「自分の顔が常に気になって、鏡を何度も確認して、マスクで顔を隠して……いつかバレるかもしれないって怯《おび》えてた」

「マスクで顔を隠したっていいじゃん。それで症状が落ち着くなら悪いことじゃないだろ」

「だけど……全然治りそうもないんだ。家に帰って自分の顔を見ると気持ちが不安定になっちゃうし」

顔を隠すことによって症状が少しは落ち着いたとしても、根本的な原因を取り除くことはできない。

スカートのポケットの中に入れたままだった、割れた手鏡を取り出す。

「自分の顔が好きになれないの。周りの子たちがかわいくて羨ましくなるんだ」

割れた鏡にうつったマスク姿の私は歪《いびつ》だった。

「たぶん俺の言葉なんて響かないかもしれないけど、俺から見た高坂はかわいいよ」

澄んだ目が私を真っ直ぐに見つめる。慰めてくれているのかもしれない。けれどほんの少しくすぐったくて、目を逸らしてから首を横に振った。

「私……二重のラインも左側だけ変えてるんだ」

今まで誰にも言えなかった秘密を勢いで話してしまい、ここまで話すべきじゃなかったかもと焦る。けれど、久米くんの顔色が変わることはなかった。

「それのなにが悪いんだよ。いいじゃん。高坂がしたくてしていることなら」

「……二重幅をいじってるんだよ？」

「女の人ってほとんどがメイクするじゃん。二重の幅変えるのって、それと同じじゃねぇの。俺の姉ちゃんもテープみたいなの使ってたけど」

そう言って久米くんが私の顔を覗《のぞ》き込んでくる。

「つーか、自分のためにメイクってするんだろ。他人の意見なんて関係ないじゃん」

距離が一気に近くなって、私は目を見開いた。久米くんはメイクで顔が変わることに対してあまり抵抗がないようだった。

「それに思春期の風邪って、精神的なことがきっかけでなるんだよな?」

「……うん。コンプレックスからみたい」

「それじゃあ、思春期の風邪は高坂の心の悲鳴みたいなものだな」

「悲鳴……」

私は自分が思っていたよりも、ずっと苦しんでいたのだろうか。

他人と比べて、私はずっとコンプレックスを抱えていた。だけどそれを誰かに相談することも、解消することもできなくて、心の中に溜《た》め込んだ青くて痛い感情。

じくじくと膿《う》んだ感情は溢《あふ》れ出して、思春期の風邪として目に見える形で心の限界を伝えていたのかもしれない。

「自分を甘やかしてあげたら」

久米くんの言葉は私にとって陽だまりのようだ。俯いた暗い心を明るく照らしてくれる。

「甘やかすって、どうしたらいいのかわからないや」

なにをしたら、自分を甘やかすことになるんだろう。

るかも。
「そんなことでいいの？」
ふっと笑ってしまう。思っていたのとはちょっと違っていたけど、それなら私にもでき
「いいんだよ、そんなことで。あとは曲を聴いたり、漫画を読んだり、動画を見たり、と
にかく好きなことする。高坂が笑顔になるのが大事」
不意打ちで笑いかけられて、心臓が掴まれたような感覚になった。久米くんって言葉が
ストレートだから、どきっとさせられることがある。
「それにさ、綺麗やかわいいって人によって違っているし、俺にとって高坂が笑ったとき
に目尻《めじり》が下がるところがかわいくて好き」
「え……」
「あと俺は高坂の横顔が好き。綺麗だなーっていつも思ってた。話し方も穏やかだし、目
が合うと慌てて逸らすのもかわいいなと思ってた」
「あ、あの……ありがとう！　けどもう褒めてもらわなくて大丈夫です！」
マスクをしていてよかった。顔が熱い。頰が真っ赤になっているかもしれない。全て私
を励ますための発言なんだろうけど、さすがに照れてしまう。
「きもかった？」

「そういうわけじゃなくて……恥ずかしくて。けど、励ましてくれてありがとう」

「俺はお世辞とか言わないから。全部本当に思ってること」

久米くんの言葉と、甘い笑顔は心臓に悪い。先ほどから、心音が体中に響き渡っている。

「……ありがとう。久米くん」

私は自分の顔が大嫌いで醜いと思っていた。だけど、久米くんはこんな私の顔を醜いと思ったことはないと言ってくれて、それだけで心が救われた。

「なあ、高坂」

視線を久米くんに戻すと、微笑みかけられる。

「いつかマスクを外してもいいかもって思うときに、また顔を見せて」

私を見つめているその温かな眼差しから、心からの言葉をかけてくれているのだと伝わってきた。

マスクがいつ外せるかわからないけれど、それでも久米くんの言葉が嬉しくて、涙ぐみながら頷いた。

それからコンビニでおにぎりを買ってふたりで食べたあと、私たちは再び商店街へ戻った。

「そこの雑貨の店入っていい？」

「うん、いいよ」

パステルカラーを基調とした置物や文房具、クッションなどが売られていて、久米くんとはだいぶイメージが違うかわいらしい雑貨のお店だった。先ほどお姉さんがいると言っていたし、プレゼントでも買いにきたのだろうか。

棚に置かれている丸いものを久米くんが指差す。

「高坂は、どの色が好き?」

ピンクとブルー、グリーンの三色があり、どれも小花が描かれている。

「私は、ブルーが好きかな」

「わかった」

「え?」

久米くんはブルーを手に取ってレジに向かう。あげる相手のことを聞いてから選べばよかった。本当に私の好みで選んでしまってよかったのだろうか。

外で待っていると、久米くんが白い袋と青のリボンでラッピングされた物を手に持ちながら、お店から出てきた。

「これ」

買ったばかりの物を差し出されて、目を丸くする。

「え、もらっていいの?」

「今日一日付き合ってもらったから、お礼」

プレゼントを受け取り、白い袋を開けると先ほど私が選んだものが出てきた。

銀色のふちに真ん中のあたりは淡いブルー地で、描かれている小花は北欧風でかわいらしい。蓋《ふた》を開けてみると、中は鏡になっていた。

「これって……」

「うん。よければ、さっきの鏡のかわりに持っておいて」

先ほど私が持っていた手鏡が割れているのを見て、新しいのを買ってくれたみたいだった。

久米くんからもらった鏡は、キラキラと輝いているように感じる。

それに不思議なことに、この鏡にうつるマスク姿の私は、他の鏡で見るよりも綺麗に見えた。

久米くんがプレゼントしてくれたのが嬉しくて、自然と表情が明るくなっているのかもしれない。

「ありがとう。大事にするね」

新しい私のお守りとして、大事に鞄の中へ仕舞った。

五章　青いコンプレックス

夕方には久米くんと解散して、私は電車の中でスマホを開いた。

奈柚から心配してくれているメッセージが届いていたけれど、お母さんからは一通も届いていない。

どうやら学校から連絡はいっていないみたいだ。サボったことをお母さんに知られていなくて、ホッとしたけれど罪悪感も芽生える。

家に着く頃には、ちょうど学校から帰ってくるくらいの時間になる。黙っていたらバレないかもしれない。だけど、このままでいいのか迷う。

どうするべきか悩みながら、奈柚に今日も休んでしまったことを謝罪するメッセージを打つ。

週末が明けたら、今度こそ学校に行かないと。何日もサボったら先生からお母さんに伝わるだろうし。カウンセリングに通わせられるはず。それに心配してくれていたお母さんに、嘘をつき続けることにも抵抗がある。

ぐるぐると悩みながら、夕陽に染まる家路を歩いた。

家の前まで着くと、服装を正そうとワイシャツの第二ボタンを閉めようとする。

私はいつまでお母さんの前でも自分を偽って過ごすんだろう。

お母さんの望むようないい子なふりをして、ストレスを溜《た》め込み続けていたら、思春期の風邪はなかなか治らないはず。

ワイシャツをぎゅっと握りしめる。

私の望みが全て通るとは思わないけれど、それでも伝えてみたらなにかが変わるだろうか。だけど、またダメだと言われたら……。聞き分けが悪いと困らせてしまうかもしれない。

それならいつもどおり、お母さんの望むいい子でいた方が平穏を守れる？

考えれば考えるほど弱気になっていき、揺らぎそうになる。

『なら、話し合わないとな』

久米くんの言葉を思い出して、俯《うつむ》きかけた顔を上げた。

『自分の意見を言うってさ、思ったことをストレートに言うってことじゃなくて、相手に伝わる言葉を探して、お互いを理解しようとすることなんだと思う』

お母さんにダメだと言われたとしても、そこで終わりにしたくない。私の意見を伝えて話がしたい。諦《あきら》めてうじうじと引きずるのはもうやめよう。

身だしなみを整えるのをやめて、私は玄関のドアを開ける。

「ただいま！」

声が微《かす》かに震えた。なんて切り出そう。最初はサボったことを正直に話さないと。でもそのあとは、どれから話せばいいのだろう。

「おかえり」

リビングの方からお母さんの声が聞こえてくる。

早く向こうに行かなくちゃ。だけど、思うように体が動かない。手に汗を握りながら、

私は震える手でローファーのかかとを摑《つか》んで一足ずつ脱いでいく。

心臓が五月蠅《うるさ》い。呼吸も浅くなって、背中には汗が伝っていた。

「海実？」

なかなか私がリビングに顔を見せないからか、お母さんが私を呼ぶ声がする。

返事をする余裕もなくて、一歩、また一歩と廊下を進む。

私が開けるよりも先に、リビングのドアが開けられた。

お母さんは、私の姿を見て一瞬固まる。なにか言いたげだけれど、どう口にしたらいい

のかわからないようだった。

「私、いつもこの格好で学校に行ってるの」

短めのスカートに、第二ボタンまで開いたワイシャツ。マスクで顔を隠し、左目は二重

のラインを変えている。お母さんの前での優等生の私とは違う。

「……そう」

こんな私にお母さんはがっかりしただろうか。一歩踏み出せても、言葉の続きを口にするのは怖い。

「私……」

だけど、今を逃したらもう話す勇気がでないかもしれない。叱られる覚悟で、私はまずは今日のことを謝罪した。

「学校サボったの！　ごめんなさい！」

お母さんは静かに頷《うなず》いた。その反応が予想とは違っている。

「先生から今日も体調不良で休みかの確認の連絡がきたから、知ってる」

とりあえずリビングに入るように促された。

お母さんとふたりがけのソファに並んで座り、顔色をうかがう。今日はお母さんの口数が少ない気がした。

「……怒ってる？」

サボったことを知っていたのなら、電話やメッセージがきてもおかしくないはずだ。それなのにお母さんは一度も連絡はしてこなかった。そのくらい私に呆れて怒っているのかもしれない。

「最初は驚いたけど、海実が悩んでいるのはわかってるから」

思春期の風邪にかかっているから、お母さんは私の行動を叱らないでいてくれているみたいだ。

「無理して学校に行こうとしなくていいのよ」

だけど、それが逆にお母さんからの期待が消えてしまったように思える。今まで期待を重く感じていたのに、突き放された気がするのは身勝手だろうか。

「ごめんなさい」

「学校、辞めたいの?」

「ちが……っ、辞めたいとかそういうことじゃなくて……ただ」

「ただ?」

クラスの男子にからかわれたこと。友達に対して劣等感を抱いていること。思春期の風邪だと学校の人たちに知られたかもしれないこと。

きっと言葉にしてしまえば、大したことのない理由ばかりだ。けれど、私にとって親には話したくない学校での出来事だった。

「思っていることを言ってくれないと、どうしたらいいのかわからないわ。思春期の風邪のことだって、お母さんが気づかなかったら話さずにいたでしょ」

「ごめんなさい」

「海実、ちゃんと話して」

謝ってばかりの私にお母さんが顔を顰《しか》める。

「もしかして、学校でいじめられているの?」

「そういうわけじゃ……」

「それなら思春期の風邪にかかったのはどうして?　学校でなにかあったんじゃないの?」

私はスカートの裾《すそ》を握りしめる。

「お母さん、私ね」

諦めていたことを、もう一度伝えたい。ダメって言われても、私の気持ちをお母さんに知ってほしい。

「本当は髪色変えたり、メイクをしたいの」

お母さんは突然の私の発言に眉《まゆ》を寄せる。

「大学生になってからすればいいでしょ。そうじゃなくて、今は学校のことを聞いてるんだから、話を逸《そ》らさないで」

「……違う。逸らしてなんてないよ」

「もしかして、思春期の風邪にかかった原因ってそれなの?」

そんなことで悩んでいたのかと思われるかもしれないけれど、私は「それもある」と答える。

「学校に行くとき、左目の二重幅を糊《のり》で変えたり、整えていない眉毛を前髪で隠してたんだ」

「なんでそこまで……」

「それくらい私にとって、自分の顔がコンプレックスだったの」

生まれ持った顔が嫌だなんて、お母さんにとってはショックなことかもしれない。けれど、どうしても私は自分の素顔を好きにはなれない。

「顔を全て変えたいってわけじゃなくて……周りの子たちみたいにお洒落《しゃれ》にしたくて、それで……っ」

言葉を詰まらせながら、涙が込み上げてくる。

「私、自分を好きになりたい」

髪色を変えたり、眉を整えたり、メイクをしたら必ず自分を好きになれるわけではない。でも、ほんの数パーセントでも自分を好きなれるかもしれない。

「頭ごなしに全部をダメだって言いたいわけじゃないのよ」

私の下へ歩み寄ってくると、お母さんはそっと私の肩に触れる。

「染めたら髪が傷むし、若いうちからメイクをしていると肌によくないでしょ。それで今はまだやめておいた方がいいんじゃないかと思っていたの」

「派手な髪色にしたいわけじゃないし、メイクも濃くしたいわけじゃないの。眉とか目元を少しメイクしたくって」

　ずっと言えずにいたことを口にすると、想像とは違ってお母さんは怒ったりしなかった。ただ私の言葉に頷いて聞いてくれている。

　涙が雨のようにぽたりとこぼれ落ちて、マスクが濡《ぬ》れていく。

「がっかりさせたらごめんなさい」

「このことを言えずに悩んでいたの？」

　頷くと、お母さんは小さくため息を吐いた。呆れられたのかと思って、びくりと体を震わせる。けれど、お母さんは「気づけなくて、ごめんね」と口にした。

「少し興味があるくらいだと思っていたから、海実がそんなに思い詰めるほど悩んでいたなんて知らなかった」

　私は首を横に振る。反対されたらすぐに受け入れて、気にしていないふりをしていた。だから、本気で悩んでいることなんてわからなくて当然だ。

「バイトも、それに使うためにしたかったの？」

「それもあるんだけど……自分で好きな服とか、部屋の模様替えとかしたくて」

　お母さんは私の手を取ると、ぎゅっと握りしめる。

「そんなこと考えていたのも、全然気づかなかった。ただ、周りがしているから、バイトしてみたいって言っているんだと思ってたの」

「みんながバイトをしているから、羨《うらや》ましいって気持ちもあったよ。けど、自分の好きなことに使いたかったんだ」

少しの沈黙が流れてから、お母さんは短く息を吐いた。

「勉強との両立、できる？」

「え……が、頑張る！　ちゃんと勉強もする！」

「それなら、バイトしていいよ」

耳を疑うような言葉で、涙がぴたりと止まる。私が「本当？」と何度も聞くとお母さんは苦笑した。

「そんなに嬉《うれ》しいの？」

「うん！」

まだバイト先も決まっていないけれど、お母さんからの許可が下りたことが大きな一歩だった。

「でも、髪を染めるのは、今はまだ賛成はできない」

「……わかった」

「理由を聞いてくれる？」

頷くと、お母さんは髪を染めない方がいい理由を口にしていく。

「さっき髪が傷むって話もしたけど、それだけじゃなくて、一度髪を染めると、すぐにまた染め直さないといけなくなるし、海実の通っている高校では派手な髪色にするのはダメって校則があるでしょう」

「けど、みんな校則なんて無視して明るい色に染めてるよ」

「今はいいかもしれないけれど、いずれ日頃の生活態度が進路に影響が出る場合もあるし、バイトだって派手な色はダメなところも多いんじゃない？」

言われてみれば、そうかもしれない。クラスの子で、髪を明るくしすぎてバイト先で怒られたと言っていた子もいた。

「一生染めちゃダメって言っているわけじゃないのよ。だけど、今海実がしたいことの優先順位を決めていった方がいいんじゃない？」

あれもこれもと欲張るんじゃなくて、今の私にあった優先順位を考えてみる。一番はメイクで、だけどそのためには道具を買うためのお金がいる。それなら、やっぱりバイトを優先したい。

「それとメイクは、あまりやりすぎなければ……うん、今度一緒に買いに行こうか」

「いいの？」

「海実にひとりで選ばせる方が、不安になっちゃう。いきなりメイクして濃くなりすぎるのもよくないし……でも今ってどのくらいが適切なのかしら」

お母さんはスマホをいじり、高校生のメイク動画などを探しはじめた。じっと見つめていると、お母さんと目が合う。

「どうしたの？」

「……お母さんが許してくれると思わなくって」

だから、この光景が夢みたいだ。

「海実のことが心配で、色々口を出しすぎていたのかもしれないね。けどね、今だって全部お母さんに従う必要なんてないのよ」

「髪を勝手に染めてもいいってこと……？」

おずおずと聞いてみると、お母さんが声を上げて笑った。

「海実が反対されても、それでも染めたい！　って思うなら、したっていいのよ。だって、海実自身のことなんだから」

私はお母さんの意見が絶対だとずっと思っていた。けれど、私の意見を口にしたり、自分なりに考えて行動したっていいんだ。

「たまには喧嘩《けんか》も必要かもしれないね」

「え、喧嘩？」

「思っていることを口にしてぶつかって、初めて相手の気持ちを知れることもあるでしょう。ずっと海実のことをわかった気でいたけど、今まで我慢してくれていただけだった。ごめんね」

私と向き合ってくれているお母さんからは、本気で私の考えを理解しようとしてくれているのがわかる。

「喧嘩は大袈裟《おおげさ》かもしれないけど、今度からもっと気軽に相談して」

私はまだ狭い世界の中で生きていて、間違うこともきっとたくさんある。そんなとき、お母さんの助言が必要なのかもしれない。

「それにね、今のままの海実も好きだって思う人がいることを忘れないで」

私にとっては今の自分が醜く感じていても、お母さんにとっては今の私が好きなのだと教えてくれる。

メイクをしたいって気持ちは変わらないけれど、私のことを心から想ってくれているのが伝わってきて、胸がじんわりと熱くなった。

「お母さん」

ぎゅっとお母さんに抱きつく。高校生にもなって子どもっぽいことをしているかもしれないけれど、それでも今お母さんを抱きしめたかった。

「ありがとう」

子どもの頃から私はお母さんのことが大好きだった。厳しいときもあるけれど、それでも私の好きなものを覚えていてくれて、優しさをたくさんくれる。

今は好みではなくなってしまった自分の部屋のインテリアも、私の好きなおにぎりやサンドイッチの味も、全部お母さんからの愛だった。

『飲み込んでいた言葉、もっと口に出してみたら』

久米くんの言うとおりだ。飲み込み続けずに、私の気持ちを伝えてみたら、今まで諦めていたことが変わりはじめた。私の意見を伝えながら、これからもお母さんとの関係を大切にしていきたい。

「勇気を出して話してくれてありがとう、海実」

お母さんが私を抱きしめ返してくれる。その腕はとても温かかった。


その日の夜。久米くんにメッセージを送った。

【今日はありがとう】

揚げたてのコロッケに、ゲームセンター。甘酢っぱいレモネードと水面《みなも》がキラキラと光る海。

お母さんともう内緒で学校をサボったりしないと約束をしたから、あんな経験二度とできないけれど、思い出が詰まった一日だった。

【俺の方こそ、ありがとな。もらったキャラメル美味《うま》かった】

久米くんからの返事で駄菓子を思い出して、カバンからキャラメルの箱を取り出す。私も一粒食べてみると、濃厚な甘さが口内に広がった。

【私も今キャラメル食べてみた。美味《おい》しいね！】

懐かしい味がする。キャラメルを口の中で転がしながら、私は久米くんとメッセージのやりとりを続けていく。

お母さんに話してバイトをしてもいいと言ってもらえたことを伝えて、久米くんはどうやってバイト先を探したのかを教えてもらう。

【店にバイト募集の紙を貼ってるところもあるけど、ネットとかに載ってたりする】

バイト探し専用のサイトもあるらしく、私は話を聞きながらスマホで調べる。探している地域や時給などで検索がかけられるようで、私の家から近い場所はコンビニやドラッグストア、ファミレスがヒットした。その画面を見ているだけで、ワクワクしてくる。

【月曜は学校来れそう？】

土日を挟んでしまうので、私の気持ちがどう変化していくかまだわからない。だけど、今の気持ちははっきりしていた。

【うん、行くつもりだよ】

三日後に私の思春期の風邪は、どこまで改善するんだろう。

完全に消えはしない気がする。ずっとマスクをつけていたら、周りの生徒たちも私が思春期の風邪だという話が本当なのだとわかってしまうはず。

それでもマスクをすぐに外すことはできないと思う。けれど、思春期の風邪だと思われても、俯かない覚悟を持たなくちゃ。

学校へ行くことも、からかわれたり、噂話をされることも怖いけれど、小さな約束が、私の心をそっと照らしてくれる。

【じゃあ、待ってる】

ベッドの上に転がっていた鎮痛薬の箱を机の引き出しの中に仕舞って、代わりに久米くんからもらった鏡をお守りとして枕元に置いた。

日曜日はお母さんと一緒に近くのドラッグストアに行って、メイク初心者におすすめとネットで書かれていたコスメを購入した。

お母さんが買ってくれると言ってくれたけれど、今まで貯めていたお年玉の一部を使うことにした。

購入したのは眉マスカラやアイブロウペンシル、眉カット用のハサミ。アイシャドウなどは色々調べてから買うことにして、ひとまずは眉を整えるものにした。

帰ってから眉を整える動画や写真を何度も見て、慎重に整える。

不思議なことに眉を少し変えただけで、雰囲気が変わったように思える。だけどちょっと動画とは違っている気がして難しい。けれど、失敗も含めてこうして堂々とメイクができるようになったことが嬉しかった。

そうして迎えた月曜日の朝。私はいつもよりも一時間早く起きた。

姿見の前に立つと、相変わらず私の顔のパーツの大きさは歪《いびつ》だった。あれからよくなってきたのか、自分ではいまいちわからない。

でも、不思議なことにちょっとだけ今日の私はいつもよりもマシに見えた。

頬に残ったニキビがほとんど治ってきたから？　それとも眉を整えたからだろうか。憂《ゆう》鬱《うつ》な気持ちが消えたわけではないけれど、足取りは軽かった。

朝の支度を終えてから、マスクをして左の二重幅を変える。それからワイシャツは第二ボタンまで開けて、スカートも折った。そんな私を玄関で見たお母さんは「少しスカート短すぎない？」と指摘してくる。

「これでも周りよりも長い方だよ」

私が笑うと、お母さんは困ったように眉を下げた。どうやらこれ以上は言わないみたいだ。

「それじゃあ、言ってくるね！」

「いってらっしゃい」

お母さんに見送られて家を出る。四日ぶりの学校は緊張するけれど、奈柚や久米くんと会えることを楽しみにしながら、悪いことはなるべく考えないようにした。

けれど、学校が見えてくると、頭の中で抑え込んでいた不安が溢《あふ》れ出てくる。マスクのことを指摘されるかも。そしたらどう答えよう。誤魔化さずに本当のことを言うべきだろうか。私の顔、マスク越しでも変に見えていないかな。

自分の顔が気になって仕方なくなってきて、足を止めた。

心臓が大きな音を立てはじめる。落ち着こうと思えば思うほど、焦ってしまう。

……そうだ、お守り。

スカートのポケットから久米くんにもらった鏡を取り出して、自分の顔を確認する。

大丈夫。いつもどおりの私だ。変なんかじゃない。

ほっと息を吐いて、私は再び歩きはじめた。


昇降口をとおり、下駄箱につくとちょうど上履きに靴を履きかえて廊下を歩いていく久米くんの姿が見えた。

私は慌てて靴を履きかえて、小走りで彼を追っていく。

けれど、久米くんの歩く速度は思っていたよりも速くて、息を切らしながら私は階段を駆け上がる。ようやく見えた後ろ姿に向かって声をかける。

「久米くん、おはよう！」

勢いあまって大きな声が出て、階段に響いてしまった。振り返った久米くんは少し驚いた様子だったけれど、私を見て柔らかく笑った。

「おはよ、高坂」

周囲の視線を感じながら、私は足早に階段を登っていく。

「ごめんね、大きな声出しちゃって」

「びっくりした」

「……だよね」

恥ずかしい。ただでさえ、私が思春期の風邪だって噂が広まっているんじゃないかと怖かったから、なるべく目立ちたくなかったのに。

だけど、今日の学校はなんだか雰囲気が違う気がする。

「ジャージの人、多いね」

「薔薇祭《ばらさい》の準備してるからな」

「あ、そっか。もう来週だもんね」

「部活に入ってる生徒たちが、朝から集まって作業してるんだってさ」

階段を登りながら、久米くんは薔薇祭の準備について詳しく教えてくれる。

薔薇祭は部活に入っている生徒たちが屋台を出すので、みんな朝の時間でしか準備ができないらしい。朝から準備するのは大変そうだけれど、響き渡る笑い声は楽しげだった。

「平気そう？」

教室に行くのが不安な気持ちを、久米くんに見透かされたみたいだ。

「たぶん、大丈夫だと……思いたいかな」

「俺も一緒に行くから。それでも、やっぱり無理だと思ったら帰ろう」

心強いけれど、これ以上久米くんを巻き込むわけにはいかない。

「巻き込むとか思うなよ」

「どうして、私が思ってることわかるの？」

「高坂はわかりやすいんだって」

そんな話をしていると、私たちの教室の前までたどり着いてしまった。見慣れた場所のはずなのに、教室に入るのは緊張する。

「どうする？　俺とどっか行く？」

「……ううん、大丈夫」

「じゃあ。出かけるのは別の日にするか」

軽い口調で言われて、小さく笑う。

「また一緒に出かけてくれるの？」

「次は高坂の行きたいところにするか」

「楽しみにしてるね」

私の返答に久米くんが顔をくしゃっとさせて笑った。

本当に実現するかはわからないけれど、約束ができると楽しみが増える。なんだか少し緊張が緩んだ。

意を決して、教室に足を踏み入れる。

「海実、おはよ～！」

すると、小走りで駆け寄ってきた奈柚に、勢いよく抱きつかれる。

「今日は早いね？」

奈柚がこの時間に登校しているのは珍しい。いつもは予鈴ギリギリなのにどうしたんだろう。

「学校来るって言ってたから待ちきれなくて、早く来ちゃった！」

思春期の風邪じゃないかと言われたり、男子たちにからかわれたことを知っているから、私のために先に登校してくれたのかもしれない。

「ありがと、奈柚」

奈柚の優しさに目が潤む。待っていてくれる友達がいてくれてよかった。

私から離れた奈柚が横目で久米くんを見た。

「久米もおはよう」

「おはよ」

ふたりは短く挨拶《あいさつ》を交わした。その光景に私は目を見張る。

今まで奈柚は久米くんと関わりたがらなかったし、一切会話をしていなかったので、こんなふうに挨拶をするなんて意外だ。

久米くんに関する悪い噂の誤解を電話で話したことや、クラスの男子たちを叱っている姿を目撃したから、奈柚の中で久米くんに対する苦手意識が薄れたのだろうか。

久米くんが離れていくと、奈柚は私の腕を摑んで耳打ちしてくる。

「ふたりで待ち合わせしてきたの？」

「違うよ、たまたま！」

即座に否定すると、奈柚は頬を緩めたまま頷く。

「そっかそっか〜！　あれ？　海実、なんか今日いつもと違う？」

じっと見つめられて、ひやっとした。なにかおかしなところがあるんだろうか。自分の姿が気になって、今すぐにでも鏡を確認したい衝動に駆られるけれど、奈柚の前なのでぐっと堪《こら》える。

「眉毛だ！」

「あ……うん。変かな？」

「変じゃないよ！　大人っぽい雰囲気になった！」

奈柚に褒めてもらえて、口角が自然と上がる。初めてのことで不安だったけれど、失敗しなくてよかった。

自分の席まで鞄《かばん》を置きにいくと、いつも私をからかってきていた男子たちが喋《しゃべ》っていた。ちらりと私の方を見たけれど、なにも言ってこない。

それに前だったらもっと大きな声で喋っていて、笑い声が教室に響いていたはずなのに、今日は静かだった。

「そうだ、海実。薔薇祭のパンフレット明日配られるらしいよ！」

「楽しみだね～！　どこから回るか決めよ」

「私、ダンス部のパフォーマンス見に行きたいんだよね！」

奈柚は話しながら、腕を絡めて私を廊下の方まで連れていく。そしてひと気のない端の方まで行くと、「久米の効果だよ」と言った。

「え？　どういうこと？」

「ほら、電話で話したじゃん。久米が男子たちのこと叱ってたって。それでさ、他の女子たちにも変に絡んでこなくなったの」

そういえば、私だけじゃなくて奈柚にも声をかけていなかった。奈柚の発言を拾って、私たちの会話に入ってきて、悪ノリをするというのが普段の流れだったのに。

「私もだけど、他の女子たちはホッとしてるよ」

彼らに変に絡まれて笑われたり、話のネタにされて困っていた女子は結構いる。だから、彼らが大人しくなって、女子たちにとって平穏が訪れたらしい。

「海実の話も、広まったりしてないから大丈夫だよ」

「……そっか。よかった」

学校に来ても窮屈な思いをせずに済んだのは、久米くんのおかげだ。

「まだ予鈴まで時間あるからさ、座って話さない？」

奈柚の言葉に頷いて、私たちは壁に寄りかかるようにしてその場にしゃがむ。

「海実が我慢して笑っていること気づいてたのに、ちゃんと止められなくてごめんね」

「奈柚のせいじゃないよ。それにいつも注意してくれてたでしょ」

男子たちが悪ノリすると、やりすぎだと奈柚が言ってくれていた。けれど、男子たちが耳を傾けずにいただけだ。

「でも、学校行きたくなくなるくらい本気で悩んでいたんだよね？」

「悩んではいたけど、本当に奈柚のせいじゃないよ。……私の心の問題だから」

中学の頃とは変わりたいと思って、なるべくノリをよくして笑顔で受け流そうと決めたのは私自身だ。それにコンプレックスと上手《うま》く付き合えず、劣等感を溜め込んでしまった結果、心のバランスが崩れてしまった。

「違ってたら、ごめん」

そんな前置きをして、奈柚が頭を傾けて私の方を見つめてくる。

「海実……思春期の風邪なの？」

言葉がすぐには出てこなかった。勘づかれている気はしていたけれど、いざ聞かれると狼狽《うろた》えてしまう。

奈柚なら、違うよと言ったらこれ以上は聞いてこないと思う。だけど、奈柚には嘘をつきたくなかった。

私は膝《ひざ》を抱えて、唇を薄く開く。口の中はカラカラに乾燥していた。

「……うん。少し前から、それでマスクが取れないんだ」

「そっか。何度もトイレの鏡を見に行ってたから、そうなのかもって思ってたんだ」

今思い返すと、休み時間のたびにトイレの鏡を見に行っていた私の行動は明らかに以前とは違う。それでもずっとなにも聞かずにいてくれたんだ。

「もう一つ、あるんだ」

コンプレックスを誰かに打ち明けるのは、何度経験してもどんな反応をされるのかと恐怖心を抱いてしまう。だけど、これも奈柚ならきっと気づいている。

「目も左だけ二重幅を糊で変えてるの」

私の言葉に奈柚が頷く。やっぱり目のこともわかっていたみたいだ。

「引かない？」

「なんでよ。引くわけないじゃん」

それくらいよくあることだと奈柚は言う。私が重たく考えすぎていただけなのだろうか。

「翼もだけど、みんな色々悩んでることあるよね」

「奈柚もあるの？」

無神経なことを聞いてしまった。咄嗟《とっさ》に「ごめんね」と謝る。

私がなかなか打ち明けられなかったように、奈柚にだって今はまだ話せないことがあるかもしれないのに。

「答えたくなかったら言わなくていいよ」

「まあ……うん、そうだね」

奈柚は少し言いづらそうにしながら、ポケットからスマホを取り出す。

「実は私ね、中二のときまで太ってたんだ」

「そうなの？」

今の奈柚は手脚も細くてモデルのような体型なので、想像がつかない。

「うん。二十キロくらい痩《や》せたの。ほら、これ見て。中一の頃の私」

スマホの画面には、今よりも輪郭がふっくらとして丸みを帯びている奈柚が映っている。

顔の造形は変わっていないけれど、印象がだいぶ違った。

「ダイエットは成功したんだけど、そしたら食べたら太るんじゃないかって怖くなっていって、吐くのが癖になったんだよね」

右の手の甲を奈柚が見せてくれる。そこには薄《うっす》らと小さな痕《あと》があった。

「親に気づかれて、それで今は治療して、もう吐き癖はおさまってきたけど。一時期結構吐いてたから、この痕がまだ消えてなくってさ」

奈柚が中学の頃の話をしてくれたのは初めてだった。どうして今まで奈柚が昔話を全くしていなかったことに、気づかなかったんだろう。

私は自分の苦しみばかりに目を向けて、親しい友達がどんな過去や悩みを抱えているのか知ろうとしていなかった。

「今は好きなものを好きなときに食べて、体重にこだわらなくなっていく練習中って感じかな。体重計も思い切って捨てちゃった！」

痕がまだ消えていない奈柚の手を包むように両手で握りしめる。

「話してくれてありがとう」

「そんな暗い顔しないで。放課後に一緒に甘いもの食べに行ったときだって、無理してたわけじゃないからね！」

奈柚にとってこのことを打ち明けるのはきっと勇気が必要だったはず。今は明るく話しているけれど、最初は躊躇《ためら》っていたようにも見えた。

私もそうだったけれど、自分の心の内側に溜め込んだ想いを誰かに打ち明けるって、簡単なことじゃない。

それでもこうして話をすることで、抱え込んでいた気持ちが楽になっていくことだってある。

「ごめんね、こんな話したら気にしちゃうよね！　それにびっくりしたでしょ？　中学の友達からもいまだにネタにされることあってさ〜」

奈柚は無理して笑っているように見えた。

その姿は少し前までの自分と重なった。触れられたくない部分をいじられても笑って、大丈夫だと心の中で言い聞かせて、私は思春期の風邪にかかってしまった。

「昔の私、ほんっと丸っこくてさ。マジで黒歴史すぎるんだよね〜」

お互いの心の中を覗《のぞ》くことはできないし、辛《つら》さの形も、傷の深さもそれぞれ違っている。消したくなるような過去も自分の一部で、その傷を大切に磨いて綺麗《きれい》な思い出にする必要なんてない。だけど痛みを忘れられないその傷を癒《いや》すことができるのは、未来の自分だけ。

——自分を甘やかしてあげたら。

久米くんにもらった言葉を思い返しながら、私は奈柚に微笑みかける。

「もっと自分を甘やかしてあげて」

私の言葉に奈柚が涙目のまま、きょとんとする。

「……他の人の受け売りなんだけどね。その言葉を聞いて、辛いことに耐えた自分へ、ありがとう頑張ったねって伝えたいなって思ったんだ」

自分が今ここにいることができるのは、周りの人たちのおかげだけれど、苦しさを抱えながら耐えた過去の自分のことも少しだけ褒めてあげたい。

「今の奈柚があるのは、過去の奈柚が頑張ったからだよ」

だから、誰にも笑われてほしくない。

「っ……ごめ……泣くつもりなんてなかったのに」

奈柚が大粒の涙をぽろりと零《こぼ》す。

「気にしてたら、空気重くなるかなとか思って、つい笑い話にしちゃうんだ……けど本当は、笑われるのしんどいよ」

私は泣きじゃくる奈柚を抱きしめて、慰めるように背中を軽く叩《たた》く。

「高校でも誰かに知られたらって思うと、本当怖くて……っ」

「誰かが奈柚のこと笑ったら、私が怒る」

私にできることなんて少ないだろうけれど、それでも奈柚が傷つけられそうなときは、今度は私が止めに入りたい。

「……海実が怒るのって想像つかないや」

肩越しに奈柚が笑ったのがわかった。

「でも、ありがと。私、このこと話せたの海実が初めて」

中学からの友達の前では、笑ってやり過ごしていたので、本音を話すタイミングが摑めなくなってしまったらしい。

「もっと早く海実と友達だったらよかったのになぁ」

「私も。奈柚と中学から一緒がよかった」

目頭から涙が一雫《ひとしずく》落ちて、マスクの隙間から唇まで伝う。

高校よりも前に出会えていたら、ひとりぼっちで乗り越えてきた日々の苦しさが少しは和らいだかもしれない。

そんな想像をしたけれど、でも辛いことを経験したからこそ、私たちは今こうしてお互いの痛みに寄り添うことができる気がした。

「私、今の海実も好きだよ」

奈柚は私から離れると、ニッと歯を見せて笑う。泣いたので目元と鼻の頭が赤く染まっている。

「メイクをした海実もかわいいんじゃないかなって思って、こういうのが合うんじゃないかとかすすめていたの。だからね、海実を否定したかったわけじゃないよ」

メイクをすすめていたことが、私のコンプレックスを刺激していたのではないかと気にしているみたいだった。

「うん、わかってるよ。私が卑屈だっただけというか、奈柚や翼ちゃんたちを見ていると羨ましくなって、それで気にしすぎちゃってたところもあるんだと思う」

　そうしてアプリの加工写真の姿に囚《とら》われて、自分の目の大きさや顔のパーツの位置が気になり、フィルターのない鏡にうつる私の姿を嫌悪した。

「じゃあ、これからは卑屈になりそうになったら言って」

「奈柚が面倒くさい思いするよ。どうして私はこんな顔なんだろうとか頻繁に思うから……」

「いいじゃん、卑屈だって。私は結構ポジティブだからさ、海実が卑屈なこと言ったら、私がポジティブに変換するよ！　あ、その代わり私が落ち込んだときは、思いっきり褒めちぎってね！　てか、これって私の方が面倒くさい？」

　堪えきれず笑ってしまうと、奈柚も笑う。

　彼女の明るさや行動力に、私は今まで何度も救われてきたことを思い出す。

　体育祭だって応援団にひとりで入るのは抵抗があったけれど、奈柚が一緒にやろうと声をかけてくれたから、挑戦することができた。

　夏休みのときも、自分から遊びに誘うのが苦手な私を、奈柚は頻繁に外に連れ出してくれた。

「私は海実が好きなんだよ。くだらないことで一緒に笑ってくれて、ちょっと不器用で、優しくって、いつも私にくれる言葉を悩みながら選んでくれてるでしょ」

「そう思ってもらえるのは嬉しいけど、でも私そんなにいい人じゃないよ」

「それは私も同じだし。みんなにとってのいい人である必要ないじゃん。ただ、私にとっては海実が最高ってこと」

親指を立てて、片方の口角を上げたキメ顔を見せてきた。最近ネットで流行っていた動画のネタだとすぐわかり、私はまた奈柚に笑わされる。

「奈柚、すぐ笑わせてくる！」

「私のこのくだらないことに笑ってくれるのは海実くらいだよ！」

「えー……そんな笑いのツボ浅いかなぁ」

「浅い浅い。私にとってはありがたいけど！」

笑っていたら、いつのまにか私たちの涙は乾いていた。それから予鈴が鳴るまで、お互いのことを話した。

お母さんにバイトやメイクを反対されていたことや、最近話をしてようやく許可が下りたこと。そして奈柚も最初は髪を染めたり、メイクをするのを親から反対されていたことを教えてくれた。

私たちは約半年間一緒に過ごしていたけれど、まだまだ知らないことばかりなんだなと実感する。だけど、これから少しずつ思い出と気持ちを共有していく日々を考えると楽しみになった。

六章　青薔薇をきみへ

「海実～！　今日早く家出るんじゃなかったのー？」

リビングの方からお母さんの声が聞こえてきて、私は慌てて階段を駆け下りる。

今日は薔薇祭当日。私は帰宅部で、割り振られた役割も終わっているものの、クレープの店舗の子たちに、家庭科室から荷物を運ぶのを手伝ってほしいと言われているため、七時半には登校する予定だった。

「時間平気なの？　ご飯食べちゃいなさい」

「あと三十分くらいしたら出るから、大丈夫！」

時間が六時ということもあり、お父さんがリビングで朝食をとっていた。目の前の席に座ると、お父さんは私の姿をまじまじと見てくる。

「寝癖すごいな」

毛先を緩く巻いたのに、下手くそすぎて寝癖だと思われたらしい。私はムッとして、目を細める。

「お父さん、ほんっとデリカシーない」

「え、なんで。本当のことだろ」

せっかく早起きして頑張って巻いてみたのに。この髪型では学校に行かない方がいいかもしれない。一度髪を濡《ぬ》らして、ドライヤーで乾かそうかと悩んでいると、お母さんがお父さんを叱りつけた。

「そういうこと言うから、嫌がられるんでしょ！　自分だって後ろの髪跳ねてるからね」

お母さんに指摘されて、お父さんは手で頭の後ろの方を触る。食器を片付けてすぐに洗面所へ向かったので、おそらく気にして寝癖を直しているのかもしれない。

「海実、早く食べちゃいなさい。髪、直してあげるから」

「やった！　ありがとう！」

急いでパンにかじりついて朝食を終えると、お母さんに毛先を巻いてもらい、仕上げにキープするスプレーをかける。

自分ではどうしても上手《うま》く巻けなかったけれど、お母さんにやってもらうと動画で見たようなお洒落《しゃれ》なカールになっていた。これで憧《あこが》れの巻き髪で登校ができる。

家を出る前に、私はマスクをつけた。

「いってきます」

家を出ると、今日は気温が低いらしく少し肌寒い。けれど、秋のひんやりとした空気は心地よくて、肺いっぱいに吸い込む。

思春期の風邪は、まだ完全には治っていない。コンプレックスも消えないし、鏡を見る頻度は少しだけ減ったけれど、自分の顔は相変わらず醜く見える。

だけど、ちょっとだけ自分のことが嫌いじゃなくなった。

それはきっと、どうせ無理だって諦《あきら》めることをやめて、私のしたいことに手を伸ばせるようになったから。

顔を上げると透き通るような青空が広がっていて、あの日見た海を思い出す。

『飲み込んでいた言葉、もっと口に出してみたら。そしたら今より、息がしやすくなるかもしれないだろ』

久米くんの言うとおりだった。あの頃よりも、私は息がしやすい。


薔薇祭当日というのもあり、学校は活気づいていた。お店ごとにTシャツの色やデザインが異なり、髪型やメイクにも気合いが入っている生徒が多い。

帰宅部はTシャツにしても、ワイシャツでもいいと言われたので、私と奈柚はワイシャツのまま参加することにしたため、格好はいつもと変わらない。

けれど、髪型が違うので、少し特別な気分。お母さんに巻き直してもらってよかったと、くるんとカールした毛先を指先で撫《な》でた。

「今日の海実の髪型かわいい～！」

開口一番にそう言うと、奈柚が思いっきり抱きついてくる。

「奈柚、髪色変えたの⁉」

オレンジブラウンから、黒髪になっている。さらにヘアアイロンをしたのかサラサラのストレートだった。

「ミスコンのために清楚《せいそ》系にしてみたんだ」

「すっごく似合ってる！　絶対優勝するよ！」

お世辞ではなく本気でそう思う。いつもかわいいけれど、今日は一段とキラキラと輝いて見える。

それから私たちは、クレープのお店の子たちの作業を手伝ったあと、朝のホームルームがあるため教室へ向かった。

「ひとり一本ずつとって、持ち歩くように。これは通行証代わりにもなってるからな」

先生から小さな青薔薇《あおばら》の造花が配られる。青薔薇を贈り合うと願いが叶《かな》うというジンクスで使われるものだと聞いていたけれど、それだけじゃなくて、体育館で行われる出し物を見に行くときの通行証代わりになるそうだ。

ホームルームが終わると、早速友達と交換している人や、気になっている相手に連絡をしてみようかとはしゃいでいる人たちの話が聞こえてくる。

私は誰とも交換する約束をしていない。本当は奈柚に交換しようと言ってみようかなと思ったけれど、奈柚と交換したい人はたくさんいるはずだ。

スピーカーから、薔薇祭が始まるアナウンスが流れる。そして軽快なＢＧＭが始まると、クラスメイトたちが教室から一気に出ていく。

「クレープ食べたくない？」

「私、たこ焼き食べたい！」

みんなお目当てのものがあるようだった。私たちは運良く当日に仕事がほとんどない役割を割り振られたため一日遊べる。

「奈柚、最初はどこから行く？」

「んー、どうしようかなぁ。軽音部の先輩たちのライブが始まるまでは、屋台とか見て回ろっか」

薔薇祭は部活ごとに屋台を出店しているので、全員がいなくなるわけにはいかないため、学年別にステージで出し物をすることになっている。

奈柚の一番の楽しみは、三年生たちのライブだそうだ。体育館のステージのタイムテーブルがパンフレットには細かく記載されている。十時から三年生のライブで、十時半から二年生のダンス部。そのあとが三年生のチア部だ。どれも奈柚が見たいと言っていたので、先に飲み物などを買ってしまった方がよさそうだ。

「ねえ、海実。メイクしない？」

「え？　でも薔薇祭始まっちゃったよ？」

「大丈夫！　すぐ終わるから、こっちきて！」

生徒たちがほとんどいなくなった教室で、奈柚が机にポーチから取り出したメイク道具を広げていく。

「せっかくだしさ、気合いいれよっ！」

「でも、私……」

「マスクは外さなくていいよ！　目元だけしようよ！」

今日は薔薇祭だし、少しくらいなら目元のメイクをしてもいいかな。

奈柚の隣の席に座ると、どれが私に似合いそうか選んでくれる。

「ゴールド系よりも、やっぱ海実はピンク系がいいかなぁ」

ピンク系のアイシャドウパレットは、ネットにおすすめと書かれていたものだった。ちょうど私も気になっていたので、メイクを施してもらえるのは嬉《うれ》しい。

「でも、私の左目糊《のり》ついてるけど大丈夫かな」

「このくらい淡い色のやつを目尻《めじり》につけたら、いけると思うよ！　目、伏せて」

言われたとおり、目を伏せる。奈柚が小さな筆で淡いピンクのラメが入ったアイシャドウを撫でるようにつけると、手の甲に軽くとんとんと落とす。そしてそれを私の瞼《まぶた》に塗っていく。

「うん、いい感じ！」

次はアイライナーを引いてもらって、ビューラーでまつ毛を上げる。仕上げにマスカラを塗ってくれた。

「こっち向いて」

視線を上げると、奈柚が笑顔になった。

「かわいい！　やっぱり海実にこのアイシャドウの色似合うね！」

褒めてもらえたことがくすぐったくて、そわそわしながら私はスカートのポケットから、鏡を取り出す。

鏡にうつった自分の姿を見て、私はマスクの中で口をぽかんと開いた。

メイクってすごい。目がいつもよりも、大きく感じる。それに瞼がほんのり色づいてキラキラとしている。

「奈柚、メイクしてくれてありがとう！」

やっぱり今度、このアイシャドウ買ってみよう。アイライナーやマスカラも、一緒に買ってみようかな。

「今度おすすめのコスメ、教えてくれる？」

「いいよ！　一緒に見に行こうよ～！」

ふたりでコスメの話で盛り上がりながら、予定が合う日に買いに行く約束をする。バイト先を早く見つけて、少しずつ自分の欲しいものを揃えていきたい。

「よし、じゃあお店ぐるっと見よっか！」

「校門側から見てみる？」

「だね！　あ、飲み物買っておこっかな～」

メイク道具を片付けて、私たちは教室を出た。髪を巻いて、メイクをしてもらったおかげか、俯《うつむ》くことなく顔を上げて歩ける。

「あれってなにに並んでるんだろう？」

外に出ると、昇降口の前に女子生徒たちがずらりと並んでいた。私は気になって背伸びをして、先頭を探す。

列の先には、木製のベンチが置かれていて、造花の青薔薇と白いリボンが装飾されている。そして片側には白いドレスを着て銀色のティアラをしている女子が座っていた。

「毎年吹奏楽部の人がやってる仮装が人気らしくて、去年くらいからこういうフォトスポットを作ってるって聞いたよ」

こそっと奈柚が教えてくれた。どうやら隣に座って記念写真が撮れるらしい。

「すごい！　妖精みたい」

「今年のコンセプトが妖精らしいよ～！　昼頃には吹奏楽部で仮装したまま演奏もするんだって」

さらに先へ進んでいくと、クレープにアイス、ジュースなどのカラフルな看板が見えてくる。

「あ、翼〜！」

ナタデココ入りの緑色のジュースを持っている翼ちゃんを発見して、奈柚が声をかける。

「それ何味？」

「メロンソーダ！」

紫のTシャツを着て、髪の毛をポニーテールにしている翼ちゃんは、マスクをしていない。

「私もメロンソーダにしようかな〜！　美味《おい》しそう」

私の言葉に、翼ちゃんが笑顔で頷《うなず》く。

「ナタデココ入りにすると、美味しいよ！」

もう治ったのか、それともマスクをつけるのをやめたのかはわからないけれど、翼ちゃんは以前と変わらず明るい様子だった。

噂のことなんて気にせずに堂々としている翼ちゃんのことが、かっこよく思える。

「次クレープ並んでくるから、じゃあね〜！」

翼ちゃんたちのグループが、クレープがある方へ向かっていく。人気のようですでに列ができていた。

「クレープの列すごいね〜」

「とりあえず私たちは、ジュースだけにする？」

「だね！　ライブもこのあとあるし！」

私と奈柚は、まずはナタデココ入りのメロンソーダを買って、三年生たちのライブを見に行った。体育館でライブや部活ごとのステージなどを堪能《たんのう》していると、あっというまに時間が過ぎた。

「奈柚、そろそろ行かないとじゃない？」

夕方の五時近くになってくると、校舎が夕焼け色に染まりはじめる。ミスコンは五時半からはじまる予定だ。

校庭のステージをライトアップしてミスコンを行い、そのまま後夜祭の花火をするらしい。

スマホで時間を確認した奈柚は、眉《まゆ》を下げてため息を吐いた。

「まだ回りたいところあるのにな～」

「けど、準備しないと！　頑張ってね！」

奈柚なら本当に優勝も夢じゃないし、応援しているけれど、本人は半ば強制的に参加になったので、憂鬱《ゆううつ》そうだ。

「じゃあ、行ってくるね～！」

渋々ミスコンの待機場に向かう奈柚を見送って、私はひとりで校舎の中をふらつく。今日はお祭りのようなイベントということもあり、生徒たちが廊下で座り込んでお喋《しゃべ》りをしていても先生は注意せず、むしろ輪の中に入っている人もいる。

奈柚を見たいので、校庭に行こうかなと思って近くの窓から覗《のぞ》いたけれど、すでに結構な人数の生徒たちが集まっていて、あそこからじゃあまり見えなさそうだ。

花火があるので、校庭の半分くらいは立ち入り禁止になっている。そのため、集団で先に場所取りをしている生徒が多いみたいだ。

近くで見られないのは残念だけど、教室からならステージが見えるかもしれない。

階段を上がっていくと、ふとある場所が思いついて、私は行き先を変更する。

二階の端にある部屋の前に着くと、ドアを開ける。

夕陽がたっぷりと降り注いだ室内は、埃《ほこり》の匂いがした。薔薇祭でなにかを使ったのか、前にきたときよりも物が減っている気がする。

窓を開けて外を見ると、ちょうどステージ全体が見渡せた。

はじまるまでまだ少し時間がある。私は布をかぶった姿見の方へ足を進めて、布を外した。

目の前には毛先を緩く巻いて、マスクをした私がうつる。

今も鏡が気になってしまうし、マスクを外した姿を誰かに見られるのが怖い。

だけど、今は憂鬱な気分は消えていて、今日は普段よりも鏡を見る頻度が少なかった。

メイクや髪型のおかげなのかもしれない。

ドアが開く音がして慌てて振り返る。

そこには男子生徒がいた。

「あれ、ひとり？」

夕陽を浴びた黒髪が今日はオレンジ色に見える。

「奈柚がこれからミスコンだから、ここから見ようかなって思って」

「あー、なるほど」

私の近くまでやってきた久米くんは、窓から校庭を見た。

「校庭すげぇ人いるな」

「ミスコンに興味ある人も多いし、このあと花火がはじまるからかも」

ミスコン開始のアナウンスが流れはじめる。まずはエントリーした人たちの紹介をＭＣの男子生徒がしていく。その中に奈柚の姿もあった。

それぞれ特技などの自己アピールをして、アプリでの投票がはじまった。

私は事前にダウンロードしていた投票用のアプリを開く。そこにミスコンのパスワードを入れると、うちの学校の校章になっている薔薇のマークが表示された。

奈柚の名前を選んで一票入れ終わると、隣にいる久米くんをちらりと見る。

「久米くんは投票しないの？」

ぼんやりと校庭を眺めているだけで、スマホをいじる気配がない。

「んー、俺は別にいいかな」

「そっか」

こういうイベントにはあまり興味がないみたいだ。ちょっとだけホッとしている自分がいて、なんともいえない気持ちになる。

久米くんがもしも投票に参加していたら、誰に入れたのか気になってしまっていたはず。

そういえば、久米くんは青薔薇を持っていない。

ワイシャツを着ている生徒はみんな胸ポケットに青薔薇を入れているのに、久米くんのポケットは空っぽだった。

誰かにあげちゃった？　それともミスコンと同じで、青薔薇には興味がないのかもしれない。

聞きたいけれど、聞きづらくて落ち着かない。

青薔薇を誰かにあげたの？　なんて言ったら、意識していますって言っているようなものだろうか。

「最近は大丈夫そう？」

「え？」

ぐるぐると考え込んでいたところに、話を振られて意識を引き戻される。

「クラスのやつらになんか言われたりしてない？」

男子たちにからかわれていないか心配してくれているようだった。

「大丈夫だよ！　最近は話しかけられることもなくなったから」

「もしも、なにかあったら言って」

「ありがとう」

ずっとマスクをしているのに、思春期の風邪のことを誰にも指摘されない。

みんなの関心が薔薇祭に移っているというのもあるけれど、男子たちに絡まれることもなくなって、平穏な日々が続いていた。

「私、まだ思春期の風邪も治ってなくて、鏡だって一日に何度も見ちゃうんだ。……自分の顔だって嫌いなままだし」

「焦る必要なんてないし、ゆっくり治していければいいと思う」

窓から夜風が吹き抜けて、緩く巻かれた私の髪が靡《なび》く。外はすっかり暗くなっていて、夜に学校にいるなんて不思議な気分だ。

「久米くんにもらった鏡を持ってるとね、安心できるんだ」

「お守りになってるなら、よかった」

久米くんの声が優しくて、胸がぎゅっとなる。

『いつかマスクを外してもいいかもって思うときに、また顔を見せて』

外して過ごせるようになりたいと思う気持ちもあるけれど、マスクをしている生活に慣れてしまったから、外すのは怖い。私の顔は久米くんにどう見えるんだろう。

「集計が終わりました！　それでは発表します！」

投票の結果が出たようで、軽快な音楽が鳴り響く。

MCの人がたっぷりと時間を使って、焦らしたあと、ライトが動きはじめる。

そのライトが奈柚を照らして止まった。奈柚の頭にティアラがのせられると、盛大な拍手が起こる。

「奈柚、優勝だ！」

私は思わず声を上げてはしゃいでしまう。そんな私を見て、久米くんが笑う。

「よかったな」

「うん！　本当にすごい！　今度優勝のお祝いをしなくちゃ！」

次は二年生と三年生の優勝が発表された。校庭にいる生徒たちの熱量が高くて、拍手やお祝いの声が聞こえてくる。

優勝者たちがマイクでコメントをしたあと、今年のミスコンの幕が閉じた。音楽が小さくなり、ライトの光が細くなっていく。そろそろ花火がはじまりそうだ。

「……もうどっか行く?」

「え？」

「このあと、他のやつと約束してんのかなと思って」

久米くんが横目で校庭の方を見やる。

「誰とも約束してないよ」

花火がよく見えるステージの席が、ミスコン優勝者たちの特権だそうだ。そのため事前に奈柚からは優勝した場合、一緒に花火を見られないと言われている。

「じゃあ、一緒に花火見る？」

まさか誘ってくれると思っていなくって、マスクの下の頬が熱い。私は頷くのが精一杯だった。

今までだって何度かふたりきりだったことはあるのに、言葉が出てこないほど緊張する。なにか喋らないとって思っても、心臓の音が五月蝿《うるさ》くて頭が働かない。

「薔薇のやつ、誰かと交換した？」

「えっと、まだしてない。……久米くんは？」

先ほど聞きたかったことがようやく聞けて、久米くんの返事を待つ。けれど、久米くんは黙り込んでしまった。

「あのさ」

頭を掻《か》いてため息を漏らす彼の姿に、私は首をかしげる。

「嫌だったら、嫌って言ってほしいんだけど」

珍しく久米くんが口ごもりながら、不安げな表情で私を見た。そして、ズボンのポケットから青薔薇を取り出す。

「俺と交換して」

私は戸惑って、目の前に差し出された青薔薇と久米くんを何度も交互に見てしまう。

「これ……交換するのってジンクスが……」

「知ってる」

意味を理解しているとはっきり言う久米くんに、私は目を見開いた。

胸が高鳴るのと同時に、花火の音が鳴る。視界の端で夜空が光っているのがわかったけれど、視線は久米くんに釘《くぎ》づけだった。

自分の胸ポケットに入れている青薔薇に伸ばそうとした手を止める。顔を隠さずに、私の本当の気持ちを久米くんに伝えたい。

震える手で、右耳のマスクの紐《ひも》をつまむ。

緊張して、指先が微《かす》かに震える。だけど、今なら一歩踏み出せる気がする。

片側の紐が取れると秋風にマスクが煽《あお》られて、一気に顔が露《あら》わになった。

外したマスクをスカートのポケットに仕舞う。口元を覆っていたものがなくなって、呼吸がしやすい。

学校で顔を曝《さら》け出すのは、久しぶりだった。先ほどまで怖がっていたのが嘘のように心が軽くなる。

「久米くん」

ワイシャツの胸ポケットから青薔薇を取り出して、両手で茎の部分を握りしめる。

「私と青薔薇を交換してください」

「……俺を選んで後悔しない？」

「しないよ」

「悪い噂も多いし、高坂が嫌な思いするかもしれないだろ」

今まで周囲の意見に囚《とら》われて過ごしてきた。正直今も気にしてしまうこともある。けれど、それよりも私は大切な人を諦めたくない。

「私は、久米くんの隣にいたい」

声が震えてしまう。自分の気持ちを口にするって、私にとってはすごく勇気のいることだった。

久米くんが私の青薔薇を受け取ってくれて、私も久米くんの青薔薇を受け取った。照れくさくてもらった青薔薇で顔を隠すと、その手を握られた。突然のことに心臓が大きく跳ねる。

「ありがとう、高坂」

甘さを感じる視線に、くすぐったくなって俯く。頰だけじゃなくて、耳や首まで熱い。きっと私の顔は真っ赤になっているに違いない。

「こっち見てくんないの」

「最近ずっとマスクしてたから、まだ顔を見られるの緊張して……」

久米くんの手が、私の手から離れていく。

そしてすぐに背中に手を回されて、引き寄せられるように抱きしめられた。

「これなら見えない」

ほんのりと柔軟剤のような香りがする。

彼の体温が伝わってきて、全身の血が沸騰するんじゃないかと思うほど熱くなって、心拍数がさらに上がっていく。

緊張と恥ずかしさが入り混じっているのに離れたくなくて、私も久米くんの背中に腕を回す。

抱きしめられている自分の姿が姿見にうつり込んだ。久米くんの肩越しに見える私は、幸せそうに微笑んでいる。

私って、こんな表情もできたんだ。

抱えているコンプレックスはなかなか消えないし、すぐに自分を好きになるのも難しい。けれど、今の私を受け入れて傍にいてくれる人たちがいる。

時には立ち止まることもあるだろうけれど、自分の速度でゆっくり歩いていこう。
大丈夫。この青い世界で、久米くんが隣にいてくれるから。

あとがき

【青い世界の中で、きみが隣にいてくれた】を読んでくださり、ありがとうございます。今回はコンプレックスをテーマに書かせていただきました。

アプリを通して容姿の加工が流行《はや》ったかと思えば、今は自然体が流行っていたり……と女の子たちの世界の流行は季節のように移り変わっていて、流行に抵抗なくのれる子もいれば、躊躇《ためら》う子もいるかもしれない。海実《うみ》は加工を手放せない女の子のひとりでした。

傷ついた海実を久米《くめ》が連れ出して一緒に海に行くという思い入れの強いシーンを、ピスタさんが描いてくださいました。青空と淡いピンクと海の光、水滴の表現など、とても綺麗《きれい》で釘《くぎ》づけでした。眩《まぶ》しくて爽《さわ》やかで素敵な装画をありがとうございます！

その他にも思い入れのあるシーンは色々とありますが、海実と奈柚《なゆ》が本音で話をするシーンも執筆中の記憶として色濃く残っています。

今まで言えなかった本音を打ち明けるのは、とても勇気が必要で聞いている方も言葉を選んで受け答えをしながら、相手の思いを取りこぼさないようにして……。そうやって少しずつ心を通わせていく瞬間は、かけがえのないもののように感じます。

青く眩しい世界で生きている彼女たちは、これから少しずつ大人になって、たくさんの経験を重ねて、進む道によって世界の色は移り変わっていくはずです。

かつて青い世界にいた私の色も、今では混ざり合って、一色では表しきれないけれど、黄色や橙《だいだい》色、緑色などに染まっている気がします。きっとこの作品を読んでくださっている皆様も、それぞれ異なる色の世界にいるのだと思います。

【青い世界の中で、きみが隣にいてくれた】という作品の執筆は、私にとってまたひとつ貴重な経験になりました。

作品に携わってくださった皆様、ありがとうございました。

そして、ここまで読んでくださった皆様、ありがとうございます。

またどこかで、お会いできますように。

丸井とまと

丸井とまと（まるい　とまと）
2019年、「名前のない喫茶店」（『青くて、溺れる』に改題）でカクヨム×魔法のｉらんどコンテスト〈「泣ける」小説部門特別賞〉、21年『君と過ごした透明な時間』で、魔法のｉらんど大賞2020〈青春小説部門特別賞〉、『青春ゲシュタルト崩壊』で第５回野いちご大賞〈大賞〉、『教えて、春日井くん』で同〈noicomi賞〉を受賞。他の著書に『世界が私を消していく』『さよなら、灰色の世界』『アオハルリセット』『ひとりぼっちの私は、君を青春の亡霊にしない』など多数。

本書は書き下ろしです。
この作品はフィクションです。
実在の人物・団体とは一切関係がありません。

青《あお》い世界《せかい》の中《なか》で、きみが隣《となり》にいてくれた

2024年９月28日　初版発行

著者／丸井《まるい》とまと

発行者／山下直久

発行／株式会社KADOKAWA
〒102-8177　東京都千代田区富士見2-13-3
電話　0570-002-301（ナビダイヤル）

印刷所／旭印刷株式会社

製本所／本間製本株式会社

ISBN 978-4-04-115124-2　C0093